挿れて、と、掠れた声で哀願される。
「もっとふといの、いれて、いれて……っ！　こすって…っ」
　まるで飢えた獣だ。普段とのあまりの変わりように驚くが、千浩の痴態に
反応している自分の体も、十分獣じみている。

同居人は魔性のラブリー

田知花千夏

Illustration
CJ Michalski

B-PRINCE文庫

※本作品の内容はすべてフィクションです。
実在の人物・団体・事件などには一切関係ありません。

CONTENTS

同居人は魔性のラブリー

【第1工程】


始まりは一通のメールだった。

藤ヶ谷尚吾《ふじがやしょうご》は馴染《なじ》みのないマンションの一室を見渡し、制服のサイドポケットからふたつ折りの携帯電話を取り出した。心を決めて画面を開くが、年季の入ったそれは頑なに沈黙を守ったままで、電話もメールも着信はなしだ。やはり、あの人からの連絡はない。

尚吾は肩を落とし、窓際のデスクチェアに腰かけた。目の前に揃いのパソコンデスクもあるが、なにも置かれてはいない。六畳ほどの洋室には、他にベッドと木製のミドルチェストがあるのみだ。長らく使用されていなかったのか、夜の公園を思わせる、どこかうら寂しい印象の部屋だった。なにもかもによそよそしさを感じ、座っているだけでも落ち着かない。

この部屋で、今日から新しい生活が始まる。

青天の霹靂《へきれき》。そんな言葉が尚吾の脳裏をよぎった。数時間前までは、こんなことになるなんて思ってもいなかった。人生には時折びっくり箱のような仕掛けが潜んでいる。これもその仕掛けのひとつなのだろう。

とりあえず外の空気でも吸おうかと部屋の窓を開け放すと、十二月半ばの冷たい夜風が吹き込んで容赦なく頬を打たれた。床を舞う小さな埃《ほこり》が視界の端に入り溜息が出る。

まずは掃除だなとブレザーを脱いでいると、部屋の入り口のほうから「尚吾君」と自分を呼ぶ声が聞こえた。弾むボールのような、軽やかな声だ。

「いきなりだったから、ろくに片付けもできてないんだけど……。どうかな、足りない物とかあったら、遠慮なく言ってね」

声のほうを振り返ると、そこにはこのマンションの家主である向井千浩《むかいちひろ》が立っていた。

男性にしては小柄で、百八十センチと少しある尚吾よりも頭ひとつ小さい。顔の輪郭もぷっくりと丸みを帯びていて、一見するだけでは女性と間違えられることもありそうだ。その容姿は神様が手ずから縫い合わせたテディベアのような愛らしさがあり、つるりとした白い肌に、大きな瞳と薄い桜色の唇がちょこんと浮かんでいる。

こぼれ落ちそうな黒目をにっこりと細める千浩に、尚吾は慌てて腰を上げた。

「こっちこそ急にすみません。……あの、ほんとに助かりました」

そう頭を下げると、「気にしないで」と千浩が軽く手を振った。

「どうせこの部屋も空いてたし。僕はひとり暮らしだから、尚吾君が住んでくれると賑《にぎ》やかになって嬉しいよ」

おっとりと答える千浩に、尚吾はほっと胸を撫《な》で下ろす。千浩はこれからしばらく世話になる相手だ。穏やかそうな見た目のとおり、気やすい人で助かった。

しかし「それに」と続く千浩の言葉に、尚吾の顔の筋肉が反射的にこわばった。

「他でもない美智子《みちこ》ちゃんのお願いだもん。気兼ねなんかしないで、自分の家だと思って暮らしてくれていいんだからね」

美智子とは、尚吾の実の母親の名前だ。

目の前にいる千浩とは、母親を通じて見知っている関係で、面識はあっても実際の接触はほとんどないという、限りなく他人に近い知人だった。それがこうして突然同居することになった発端こそが、美智子から送られてきた一通のメールなのだ。

それは『ちょっと留守にしまーす』という間の抜けた件名で、本文も驚くほどあっさりしたものだった。用件は大きくふたつ。ひとつは件名にもあるように、しばらく留守にするということ。

そしてもうひとつが、今のアパートは解約したので千浩の家で世話になれということだ。いつ帰るとも、どこに行くとも、肝心の情報はひとつもなく、代わりに『家賃がもったいないからね』という、なんとも腹立たしい一文が記載されていた。しかもそのメールを受信したのがほんの数時間前、いつもどおり学校で授業を受けていた時のことなのだ。

五限目の古典の時間で、春に定年を控えた老教師が『徒然草《つれづれぐさ》』を読み上げている最中だった。昼食後の満腹感と教室中を満たす生暖かい空気、そしてやる気も抑揚《よくよう》もない教師の語調でひどい睡魔に襲われていたが、突然投下された爆弾に、瞬時に眠気は吹き飛んだ。

尚吾はどういうことだとすぐにメールを返したが、美智子からの返信は一切なく、それ以降連絡が取れないままだ。慌てて家に戻り、そこで放置されている美智子の携帯電話を見つけた時には、脱力からその場に膝をついてしまった。それがうっかりなのか確信があってのことなのかは、今となっては確かめるすべもない。

室内には携帯電話と尚吾の荷物が残っているだけで、今朝まであったはずの家具も家電も美智子の私物も、イリュージョンよろしくきれいさっぱり消えていた。

いくら手狭なアパートとはいえ、半日足らずでここまで片付けるのは、なかなか骨が折れる作業だろう。尚吾の荷物も勝手に整理したらしく、大きめのダンボール箱に押し寿司状態で詰め込まれてあった。

しかし、美智子の出奔《しゅっぽん》については、呆《あき》れこそすれそれほど動揺したわけではない。美智子は気まぐれな人間で、突発的な家出もそう珍しいことではないからだ。

尚吾が五つの時に父親が他界してからというもの、美智子の男性遍歴には凄まじいものがあった。結婚と離婚を繰り返し、気がつけばバツが三つ。入籍に至らなかった恋人となると何人いたかも思い出せない。

しかも美智子は恋人ができると、尚吾を親戚や知り合いの家に預けて姿を消してしまうことが多かった。恋をすると周りが見えなくなってしまう、母親になりきれない人なのだ。そんなことが何度も続いたせいで、数少ない親戚にも絶縁状を叩きつけられてしまっている。

美智子の奔放な性格は、尚吾にとってびっくり箱そのものだった。ハイエナ、雌豹《めひょう》、ちゃらんぽらんの根無し草。母親への罵詈雑言《ばりぞうごん》は尽きることがない。今回もきっと、新しい恋人ができてその人のところに行っているのだろう。どうせ誰と付き合っても長続きしない人なので、そのうちまた戻ってくるはずだ。

美智子の家出に焦りを感じていないのは、これまでの経験からそう学んでいたという理由が大きい。それに母親は母親、自分は自分。血の繋がりがあろうとしょせんは他人だ。放蕩《ほうとう》な美智子が自分を置いていくことも、他人同士なのだからどうしようもないことなのだ。

母親が頼れない人だというのならば、自分がしっかりすればいい。尚吾は十代半ばにして自助精神たくましい青年に育っていた。

そしてそんな大様な内面からか、尚吾は喜怒哀楽といった表情があまり豊かではなかった。形のいい眉に細くきつめの双眸《そうぼう》、骨格も男性らしく全体的に整ったつくりではあるが、なまじ男前な分、無表情でいるとどうも相手を威圧することがあるようだ。

そのうえ長身なものだから、にこりともせずに突っ立っている姿は妙な迫力があるのだろう。友人はそれなりにいるが、後になって聞いた初対面の印象は、たいていが「すかしてる」だの「ふてぶてしい」だの、歓迎できないものばかりだった。

手にしたブレザーを椅子の背もたれに掛けながら、尚吾は人懐っこい笑顔を浮かべている千浩をなんとはなしに見返す。

（この人はそんなこと、言われたこともないだろうな）

千浩は見るからに明るく愛嬌《あいきょう》も満点だ。他人である尚吾をこうして家に招き入れるくらいなので、性格もよほどのお人好しなのだろう。不躾《ぶしつけ》な表現をすれば、平和ボケという響きがよく似合う。

共通点など微塵《みじん》もなさそうなこの人と、美智子が消えたこの状況で共に暮らすのかと思うと、さすがに胃の辺りが重くなった。——千浩は美智子の恋人なのだ。美智子が消えてしまった今、モトカレというほうが正しいだろうか。

尚吾が初めて千浩と出会ったのは、今から約三年前のことだ。当時、新しく始める仕事のパートナーとして美智子に紹介されたのが最初だった。

その新しい仕事とはパン屋の開店で、千浩はそこのブーランジェリーだ。ブーランジェリーとはフランス語でパン職人を意味する言葉らしく、美智子がなぜか鼻高々にそう説明していた。響きがおしゃれだとでも感じていたのだろう。

ホットケーキさえ黒焦げにするような美智子がパン屋なんてと最初は怪訝《けげん》に思っていたが、準備期間を経て無事にパン屋『こんがり工房』を開店し、丸二年。なんとか軌道に乗っているようで、ふたりは共同経営者として一緒に店を切り盛りしていた。

パンを焼くのは千浩で、美智子は主に接客を担当していたようだ。ようだ、というのは、尚吾が店の内情をよく知らないためである。いくら母親と共に商売を営んでいる相手とはいえ、その恋人となると関わるのが億劫《おっくう》で、あえて店に顔を出さないようにしていたからだ。

美智子が千浩を家に連れてくることもなかったし、わざわざ息子相手にのろけるような人でもないのですっかり油断していたが、まさかこんな状況で関わることになるとは。しかも元がつく恋人となった今だなんて、なおさら質《たち》が悪い。

それにしても、千浩は本当に変わっている。

尚吾は無意識に、その姿をまじまじと眺めた。

いくら恋人の子供とはいえ、よく知りもしない高校生を無期限で預かるほどなのだから、お人好しを通りこして変わり者なのだろう。しかしそんな人の良さのおかげで行き場を失わずに済んだ身としては、素直に感謝しなくては罰が当たる。

自分勝手な女にたかられ、あげく振られていることにも気づかず子供の世話まで押しつけられた千浩を思うと、一般的な良心を持ち合わせる尚吾の胸は罪悪感でちくちくと痛んだ。

しかし気の毒には思っても、今の尚吾には他人の心配をしている余裕などない。

日々の寝床と食事を得るため、千浩の懐深く潜り込む必要が生じたからだ。いつ追い出されるともしれない不安定な住み処だが、頼れる人が他にいない以上そうするしか道はない。しょせんハイエナの子はハイエナなのだ。

ふと、「ねえ」と、千浩が口を開いた。

訝《いぶか》しげに首を傾《かし》げ、どこか困ったような様子で見返してくる。

「さっきから怖い顔してこっちを見てるけど……、僕、なにか変なこと言っちゃったかな」

千浩はそう言うと、申し訳なさそうにうつむいてしまった。

どうやら不躾に眺めすぎてしまったようだ。尚吾は「すみません」と謝罪し、さりげなく視線を逸らした。この対応も感じが悪いだろうか。悪気はないのだが、どうしてだかいつも愛想のない態度になってしまう。

しかしそんな尚吾の態度から、千浩は心細くなっているとでも感じたようだ。「大丈夫だよ」と笑って肩を叩いてきた。

「美智子ちゃんだって、君を置いてそう長くは留守にしないと思うし。きっと、今も尚吾君のことを心配してるはずだから」

息子を心配するような殊勝な母親ならば、こうして姿を眩《くら》ませることなどないだろう。千浩の楽観的な言い分に、尚吾は思わず眉根をよせる。美智子と三年近く付き合って、どうしてその本性が見抜けないのだろうか。脳天気にもほどがある。

「あの薄情者が心配なんかするわけないですよ」

「尚吾君！」

突然、千浩に両手を摑《つか》まれ、そのまま胸の辺りにぐっと持ち上げられた。

「……お母さんのこと、悪く言っちゃだめ」

尚吾が目を見開いていると、うるうると涙ぐむ千浩と視線がぶつかった。

さらにきつく、両手を握りしめられる。

「実のお母さんのことを薄情だなんて。きっと、美智子ちゃんがいなくなった不安で非行の道に……、本当は優しい子なのに……」

途中で言葉を詰まらせ、千浩はそのまま目を伏せてしまった。

尚吾が血の繋がった母親のことを悪し様に言ったことがよほどこたえたのだろうか。尚吾の手を摑んでいたその指が、重力に従ってぱたりと落ちた。

目の前で涙を堪《こら》えて洟《はな》を啜《すす》る千浩に、尚吾はその場で凍りつく。

この程度の皮肉で非行だというのならば、日本はすでに無法地帯の不良大国だ。それ以前に千浩が自分のなにを知っているのだと訴えたいが、呆気《あっけ》にとられて言葉にならなかった。

事実、尚吾はごく一般的な男子学生だ。多少仏頂面《ぶっちょうづら》で肝が太く、それを硬派というのかトウヘンボクというのかは人によって評価が分かれるところではあるけれど、いわゆる不良ではない。

(……この人、やっぱり変だ)

しかしこの構図はまるで、自分が泣かせているみたいだ。

本当に泣かれてはたまらないと、尚吾は本心をぐっと堪えて口を開いた。

「あの……」

体を屈め、自分よりも低い位置にある千浩の顔を覗《のぞ》き込む。

真摯《しんし》に、まっすぐ、切実に。内心は別として、尚吾の無表情はこういう時には役に立つ。いつだって真剣そうに見えるのだ。

「すみませんでした。これからは言葉に気をつけますから」

とにかく泣きやんでほしい一心で、尚吾はそう訴える。

「……もう言わない？」

大きな瞳を潤ませて上目遣いに見つめる千浩に、なぜだか、尚吾はなにも答えられなくなってしまった。なんだこれと、わけもわからず突然鼓動が激しくなっていく。

そんな自分を誤魔化すようにコクコクと何度もうなずくと、千浩は安心したようにパッと表情を綻《ほころ》ばせた。そして尚吾の小指をすくって、自分のそれと絡ませる。

「え、なに……」

いきなり手を取られて困惑する尚吾をよそに、千浩は指切りげんまんを口ずさみながら尚吾の手をゆらゆらと揺らした。そして歌い終わるのと同時に、にっこりと笑って小首を傾げてみせる。

「じゃあ、約束」

えへ、という効果音付きの笑顔を浮かべ、千浩はようやく尚吾の手を放した。

尚吾は思わずぽかんと千浩を見返す。ウキウキと指切りげんまんなんて大人の男のすることではない気がするけれど、千浩にはそんな行動が異様なほどよく似合っていたからだ。

――これで三十二歳だというのだから、童顔を通りこしてモンスターだ。

ふと我に返ると、尚吾の体をサッと冷たい風が通り抜けた。全身の毛穴が一斉に逆立つ。

（寒っ！）

凍えているのが千浩の行動になのか、それともその周りに少女漫画のキラキラの幻を見てしまった自分になのか、それさえまともに判断できなかった。

きっと真冬の風のせいに違いないと、尚吾は急いで窓を閉めた。

こんがり工房は、とある住宅地に位置するマンションの一階にある。

駅からは遠く、商店街からも離れた少々不便なところだが、通学や通勤時間帯の人通りが多いため、店は大変繁盛しているようだった。出入り口の扉に取り付けられた小ぶりなカウベルが、カラコロとせわしなく鳴っている。

そうした立地的な条件からか、朝八時というわりと早い時間から営業を開始していた。閉店は夕方七時。定休日の日曜以外は休まず営業しているようだ。

店の赤煉瓦《れんが》の壁にはめ込まれた大きなガラス窓から、それに沿った棚に並ぶ様々なパンを眺めることができた。店から流れてくる焼きたての匂いにつられ、思わずといったふうに足を止める人も多い。

『こんがり』という店の名にふさわしく美しいきつね色に焼き上がったバゲット、フルーツやショコラで彩られたデニッシュ、店の奥にはジャムやリエットの小瓶が宝石のように並んでい

えへ

る。まるで店全体がひとつのショーケースだ。

しかし尚吾は、この店の前に立つとどうにも気が重くなった。

一度だけ、開店したばかりの時に訪れたことがあるが、それ以来忌避《きひ》すべき場所として足が遠のいていたためだろう。今朝は千浩に所用を頼まれてしかたなく通学途中に立ちよったのだが、やはり入りにくさに変わりはなかった。

扉の前で少し立ち尽くしていると、焼きたてのパンの匂いに鼻腔《びこう》をくすぐられ、重たい両足を笑うようにくうくうと腹が鳴った。朝食はしっかり摂ったが、育ち盛りだからか少し動いただけですぐに腹が減る。

それにいつまでもこの寒い中に突っ立ってはいられない。尚吾が心を決めて店の扉を抜けると、「いらっしゃいませ」とレジの中にいる若い女性の声が響いた。

化粧っ気は薄いが、整ったきつめの容貌《ようぼう》で美人の部類に入るだろう。年は尚吾とあまり変わらなさそうに見える。白シャツに黒いチノパンとギャルソンエプロン、同じく黒一色の三角巾からは、きれいにまとめたポニーテールが覗いていた。客の対応に追われて忙しそうだ。

辺りを見渡すが千浩の姿はなく、広いとは言えない店内をぶらついて、女性の手が空くのを待つことにした。

溢《あふ》れる客を器用に避けながら、手持ちぶさたであちこちを見て回る。

内装は煉瓦や木材でまとめられ、シンプルで温かみのある雰囲気だった。クリスマスが近いということもあり、赤や緑のオーナメント、それに樅《もみ》のリースなどが飾られている。どれも手作りらしい素朴なものばかりで、千浩の温和な人柄が表れている気がした。

十分ほどしてようやく列が途切れ、尚吾はレジにいる女性の元に向かう。「すみません」と声を掛けると、さっぱりした笑顔が返ってきた。

「千浩さんいますか？　ちょっと用事があって来たんですけど」

「はい、チーフなら奥に。失礼ですがお名前を伺っても？」

てきぱきと答えながらも、女性の瞳が怪訝そうな色を放っている。学生客がわざわざ千浩を名指しで訪ねてくることは珍しいのだろうか。

尚吾がフルネームを名乗ると、女性の顔からスッと笑顔が失せた。

「藤ヶ谷、尚吾さんですか？　……もしかして、藤ヶ谷店長の息子さん？」

驚くべきことに、こんがり工房の店長は千浩ではなく美智子らしい。千浩はチーフなのか。自殺行為だと、他人ごとながらこの店の行く末が心配になってしまう。

尚吾が素直にうなずくと、女性は「やっぱり」と呟《つぶや》き、不快そうに細い眉をひそめた。

「そうですけど。あの……」

なにか、と続く言葉も待たず、女性は踵《きびす》を返して早足で厨房《ちゅうぼう》へ消えてしまった。

特に失礼な態度をとった覚えはないが、美智子の息子だと知ったとたんの変わりようから、この店での母親の働きようがわかった気がする。

なんだかなぁと頬を掻いていると、店舗と厨房の間に掛かった薄手ののれんを掻き分けて千浩がひょっこりと現れた。千浩も女性と同じ格好をしているので店の制服なのだろう。三角巾のリボンがやけに大きく見えるのはご愛嬌だ。

「おはよう、尚吾君。わざわざ学校の前にごめんね」

にっこりと大きな瞳を細め、千浩がレジ台へと歩みよってきた。先ほどの女性のしかめっ面の直後だからか、その笑顔に癒やされる。

ふたりは一緒に暮らしているが、パン屋の朝は早いので登校前に顔を合わせることはめったになかった。千浩は店の準備で朝四時には出勤しているという。もちろん、尚吾は夢の中にいる時間だ。

「千浩さん、あの……、って、うわっ！」

尚吾が頼まれていた用事を済まそうと千浩に声を掛けると、いきなり見知らぬ男性に横からぶつかられて弾き飛ばされてしまった。

どうにか持ちこたえ、なにごとかとそちらを振り返ると、尚吾の視界に鼻の下を伸ばした中年サラリーマンの姿が映った。自分が突き飛ばしたというのに尚吾のことなど眼中にないらしく、「今日のオススメは?」と空のトレイを差し出し、うっとりと千浩を見つめていた。

肉厚のてのひらでその手を握りしめられ、千浩は困ったように尚吾と男性とを見比べる。しかしさすがに商売人なので、客をむげにはできないのだろう。すぐにいつもの笑顔になって、パンの説明を始めた。

男性は千浩が勧めるまま、迷いなくパンをトングで摑んでいく。みるみるうちにパンの山ができ上がり、ついにはトレイに載りきらなくなってしまった。

そうこうしている間にレジに多くの客が並び、列がふくれ上がっていく。

店が賑わうことは結構なのだが、なぜかその客は男性ばかりだった。偶然なのかもしれないが、それにしても皆がそわそわと浮き足立っているのも奇妙だ。その間も扉のカウベルは鳴り続け、またしても男性客が入ってくる。

千浩と話す男は決まってへらへらと頬をゆるめ、その後ろに並ぶ人たちは、前の客の肩越しに千浩の様子を覗き込もうとしていた。某有名グループのダンスのように、大人数が一列に並び、ぐるぐると上半身を回している。

（……なんなんだ、これ？）

住宅地にあるごくふつうの小さなパン屋で、まさかこんな非日常な光景を目にするなんて思いもしなかった。凍えるような外の寒さとは対照的に、店内は体育後の男子クラスのような熱気でむせ返っている。

尚吾が啞然《あぜん》としていると、先ほどの女性店員が慌てた様子で厨房から出てきた。

「ああ！　だからこの時間はチーフは店に出ちゃダメなのに！」

女性は小さく舌打ちすると千浩をレジ台からひっぺがし、尚吾とふたりまとめて店の奥に押しゃった。女性店員による怒濤《どとう》のレジ打ち音と、男性客の嘆息とが、合唱のように店にこだまする。

厨房の中で尚吾がぽかんと千浩を見つめると、「ごめんねぇ」というなんとも間延びした声が返ってきた。

「いきなりお客さんが増えちゃって、話の途中だったのに相手ができなくなっちゃった。朝はいっつもこんな感じなんだ。ありがたいことだけど、ちょっとびっくりしちゃったよね」

なんでもないことのようにそう話す千浩に、尚吾はますます呆気にとられてしまう。当の本人は至ってのんきそうで、先ほどの異様さにはまるで気づいていないようだ。

「……あの、それ、マジで言ってるんですか？」

おそるおそるそう訊《き》く尚吾に、千浩はきょとんと首を傾げた。

「え？　なにが？」

いっぺんの曇りもないその眼差しから、本当に無自覚なのだと思い知らされる。そして先ほどの男性客たちの様子を思い返し、尚吾は先日感じた千浩に対する違和感の答えに辿り着いた気がした。

おそらく千浩は、男性でありながらその仕草や表情で多くの男を惹《ひ》きつけるのだ。

フェロモンだかホルモンだかよくわからないが、そうした謎の分泌物でも放出しているのかもしれない。そうでなければ先ほどの奇妙なできごとには説明がつかなかった。

（なんて、そんな馬鹿なことあるわけないか）

自分の想像ながら薄ら寒い気持ちになりつつ、尚吾は改めて、リュックからてのひらに収まるほどの薄い小箱を取り出した。どうしても必要だから持ってきてほしいと頼まれた千浩の名刺ケースだ。頼まれていた所用とはこのことだった。

先ほどの非日常の真相がどうであろうと、ただの居候である自分には関係ない。とっとと用事を終えてこの店を出ようと、尚吾は名刺ケースを差し出した。

「なんでもないです。それより、どうぞ。名刺ってこれでいいんですよね」

シンプルなアルミの名刺入れを受け取ると、千浩は嬉しそうに微笑《ほほえ》んだ。

「ありがとう」と熟れたさくらんぼのような笑顔を返され、ふいに心のど真ん中をトスンと打ち抜かれたような感覚に陥る。関係ないと思った矢先のできごとで、尚吾はゾッとしてしまった。

この人の笑顔は危険だ。尚吾の本能が警鐘《けいしょう》を乱打する。

尚吾はもともと神経の図太いところがあり、恋愛のみならず感情自体の振れ幅が人よりも少ない。そんな自分にまで影響を及ぼすのだから、千浩の毒の威力は凄まじいものがあるに違いなかった。

しかし尚吾の考えなど知るよしもなく、千浩はにこにこと口を開いた。

「名刺ね、工房にも置いてたんだけど、ちょうど切れてたみたいで困ってたんだ。夕方には雑誌の打ち合せが入ってたから、今日はどうしても必要で」

こんがり工房の関係者は、親しみを込めてこの店を工房と呼ぶ。美智子もそう呼んでいたので、千浩も同じなのだろう。

けれど今は、それよりも千浩の発言に興味を引かれた。「雑誌の打ち合せ」という言葉に、これまでの騒動がすっかり頭から飛んでいく。

「雑誌って、千浩さんが載るんですか?」

尚吾がそう尋ねると、千浩が照れくさそうにうなずいた。

「ちょっと恥ずかしいんだけど、宣伝になるしね。それに、僕のっていうより、このお店の取材だから。次の号でパン屋さんの特集を組むらしくて」

そう言って千浩は女性向けの雑誌名を告げる。読んだことはないけれど耳にしたことくらいはあるメジャーな雑誌だ。驚きはしたが、千浩ならばと自然に納得もできた。

なぜならば千浩は、四六時中パンのことばかりを考えているパン馬鹿だからだ。

パン屋の仕事はまだ日も昇らないうちから働き詰めで、見た目以上に体力勝負だと聞く。それでも千浩は、いつだっていきいきと楽しそうにしていた。

どこそこのパンが美味《おい》しいと聞けば、それが新幹線に乗るような遠方であろうと足を運ぶし、夜中にいきなり飛び起きてパンを作りはじめることもある。並々ならぬ情熱を抱いているようで、それはいっそ執念とも言えるようなものだった。千浩は基本的にのんびりとしてあまり物事に拘《こだわ》るタイプには見えないので、そのギャップに未だに慣れることができない。

そしてそんな情熱の賜物《たまもの》なのか、千浩のパンは格別に美味しかった。

これまでも美智子が店のパンを家に持ち帰ることはよくあったが、尚吾はそれを密かな楽しみにもしていたほどだ。千浩のパンの中で特に好きなのはバタールだ。一般に想像するフランスパンよりも短く、ずんぐりと太いパンである。

クラスト、つまりパンの表皮はパリパリと歯ごたえがよく、中身の真っ白なクラムにはたくさんの美しい気泡が入っていて、もっちりと口の中で溶けていく。市販のパンとはまったく違い、バターもジャムもつけずにそのまま頬張るのが尚吾のお気に入りの食べ方だった。噛んでいるうちに広がる素朴な甘みがくせになるのだ。

「この店、そんなに有名な店だったんですね」

すっかり感心してそう呟くと、先ほどの女性がレジ台からこちらを見ていることに気がついた。千浩が奥に消えて落ち着いたのか、すでに列は解消されている。

女性はあからさまに溜息をつき、苦々しげな様子で口を開いた。

「雑誌だけじゃなくてテレビにだって出てるのよ。期待のブーランジェリーってことで千浩さんに憧れて店を訪れる職人もいるのに。……ま、店長の子供さんだし、この店に興味がなくてもしかたないか」

「……あかりちゃん！」

千浩がハッとしたようにそう諫《いさ》める。

この女性店員はあかりというようだ。あかりはそれきり口を閉ざし、ツンと顔を背けてしまった。

あかりはよほど美智子のことが嫌いなようだ。これから先、顔を合わせることもないだろうし、無関係な相手にどう思われようと構わないが、さすがに微妙な気分になってしまう。

尚吾が思わず眉をひそめていると、千浩が「ごめん」と勢いよく頭を下げた。

「せっかく来てもらったのに、嫌な思いさせちゃって……。あの、あんまり気にしないで？　あかりちゃんも悪気があるわけじゃないんだ」

千浩は尚吾の顔を見上げ、必死にそう訴えてくる。

「千浩さんが謝る必要はないでしょう。それより、学校に遅れるからもう行きます」

それだけ言い残すと、用事は済んだとばかりに尚吾は店を後にした。

突然消えた美智子のことを思えば、あかりの態度もしかたないかと思えたし、尚吾は基本的にサバサバしているので多少の悪意には動じない。それに、あかりに代わってわざわざ千浩が謝るのも筋違いな気がした。

淡々と学校への道を辿っていると、ふいに、「待って」と背後から声を掛けられた。

声の主は千浩で、どうやら走って追いかけてきたようだ。尚吾が店を出てからまだ数分と経っていないけれど、歩幅が大きいために工房からはそれなりに離れていた。

この寒い中、慌てて追ってきたのか薄着のままだ。

「これ……」

はあはあと息を荒らげながら、千浩がクラフト素材の紙袋を差し出してくる。

「なんですか、これ」

「うちの店のパン、どれも焼きたてだから美味しいよ。お昼に食べて」

それだけ言って微笑むと、千浩はすぐに店に戻っていった。まだ店が忙しい時間帯なのだろう。それなのにわざわざパンを持って自分を追ってきてくれたのかと思うと、羽箒《はねぼうき》で心をくすぐられているような、妙に落ち着かない気分になった。

しかし学校に向かって足を踏み出しながら、尚吾はそんな自分に首を捻《ひね》った。

もしかして、これも千浩の毒なのだろうか？　そんな疑問が頭をもたげる。

やはり、あの人にはできるだけ近づかないようにしたほうがいいと考え、尚吾は千浩にもらった紙袋をリュックの中にしまい込んだ。

千浩がくれたパンは、寒空の下でじんわりと温かかった。


リビングのベランダでふきんを洗いながら、尚吾は白い息を吐く。真冬の水は凍るように冷たい。窓を拭いた汚れで黒く濁っていく水面から顔を上げ、尚吾は街を見渡した。

クリスマスも終わり、気づけば年の瀬だ。住宅地にぽつんと存在する小さな神社にも少ないながら露店が並び、紅白の幕や提灯《ちょうちん》が参道を賑やかしていた。今夜の年越しに向けて、これからさらに出店が増えるのだろう。

今日は工房も年末年始で休業している。しかし千浩は朝早くにどこかへ出かけてしまい、家には尚吾だけだった。ひとりでいると時間が特にゆっくり感じられ、数時間後には新年だという実感がどうもわかない。

冬休みに入ってからというもの、尚吾の日常は毎日こんな感じだった。友人たちは塾にアルバイトにと忙しいらしく、ひとり長い休みを持てあましている。

部屋の荷物もとっくに片付き、ようやく人心地もついていた。引っ越した当初はうら寂しく感じた室内も、住んでみるとすっかり親しみを感じるようになった。

隅々まで磨き上げた窓ガラスを見渡し、尚吾は大いに満足して部屋に戻る。いい加減な母親の反動なのか、尚吾はなにをするにおいても計画的で几帳面《きちょうめん》だ。それに引き替え、千浩はわりと大雑把《おおざっぱ》で、四角い部屋を丸く掃いてそれでよしとするような性格だった。

初めてこの家を訪れた時、ソファに積み上がった洗濯物の山や散乱していた諸々《もろもろ》に眉をひそめたことを思い出す。

仕事を持つ千浩に代わって尚吾が家事を担当するようになったので、今では家中が見違えるほど整然と片付いていた。埃どころか食べ終わった食器も一切見当たらない。家事関係は幼い頃から尚吾の仕事だったので手慣れたものだ。

家の間取りは２ＬＤＫで、そのうち千浩の部屋以外はすべて尚吾が片付けていた。元がひとり暮らしだと考えるとやや贅沢に思えるけれど、美智子を家に呼ぶのに広いほうが勝手がよかったのだろうか。そんな思いがよぎるが、下世話な気がしてすぐに思考を放棄した。

玄関の扉を開けると、浴室とトイレ、それに尚吾が使用している個室に面した廊下がまっすぐ伸びている。その廊下が突き当たった扉の先がリビングだ。ダイニングキッチン付きのリビングはそれなりに広く、外に設置されたベランダもなかなか余裕がある。

千浩の部屋は、リビングと繋がっている個室だ。たまに開け放されている扉から、ごちゃごちゃと物がひっくり返っている様子が視界に入るが、あえて目を逸らすことにしていた。まさに男所帯という雰囲気だ。菓子のおまけについてくる食玩など、使い道のなさそうな雑貨が溢れていて統一感がない。

パンのことにはあんなに神経質なのに、どうしてそれ以外はこうも大雑把なのだろう。そんなことを考えながら掃除用具をしまっていると、「ただいま」という千浩の声が玄関から聞こえてきた。

休みだというのに工房に顔を出していたのか、その手には店の紙袋が収まっていた。千浩の小さな顔ならばすっぽりと入りそうな大きさだ。

腕捲《まく》りをした尚吾の姿を見るなり、千浩は「あれ」と目を丸くした。

「もしかして掃除してたの？　僕が帰ってくるまで待ってたらよかったのに。今日は大晦日《おおみそか》の大掃除だし、大変だったでしょ？」

「どうせやるんだから、早いほうがいいでしょう」

淡々とそれだけ答えると、「尚吾君って、本当にしっかりしてるよね」と千浩は感心したようにこぼした。

そしてピカピカに磨き上げられた部屋を見渡し、なぜだか肩を落とす。

「ちょっとくらいさ、ほら、昼まで寝てるとか、ゲームばっかりするとか、だらけてくれてもいいのに。……なんか、尚吾君のほうが僕よりしっかりしてるから立場がないよ」

「千浩さんは休みの日は一日中寝てることがありますもんね」

「仕事の日だけはちゃんと起きられるんだけど、休みの日はどうもダメで……って、そんなこと今はどうでもいいでしょ」

千浩は不服そうに唇を尖《とが》らせるが、すぐに「そうだ」と明るい声を上げた。

「ねえ、時間があるならさ、一緒に鏡パン作ろうよ」

「……鏡パン？　餅じゃなくて？」

なんですかそれ？　と、うろんな目を向けると、千浩が笑った。

「鏡餅サイズのお餅だと、大きすぎて結局食べきれないままダメになっちゃうことが多いから、僕は毎年、お餅の部分をパンにして玄関に飾ってるんだ。パンなら、いっぱいあっても食べられるでしょ？」

どちらもそう変わらない気がするが、パンなら大丈夫というのがなんとなく千浩らしい。

「じゃん！」と声を上げ、千浩が紙袋から大小のパンを取り出した。どちらも小麦色で平べったく、見るからに硬そうだ。けれど触れてみるとまだ少しだけ熱が残っていて、焼きたてなのだとわかった。休日に店に出向いていたのはこれを作るためだったのだろう。

千浩はキッチンから大きな丸皿を取ってくると、こたつの真ん中にどでんと鎮座させた。その上に裏白を敷き、さらに下から大小の順でパンを重ねていく。

それから「はい」と、尚吾に橙《だいだい》を手渡した。キラキラと期待のこもった目で見つめられる。もしかして、これをパンの上に載せろということなのだろうか。

ちらりと千浩の表情を窺うと、「早く」と催促されてしまった。尚吾は少し戸惑いながら、手にした橙をふたつ重なったパンの上に載せる。

どうやら正解だったらしく、千浩の表情が見る間に綻んでいった。パチパチと小さな拍手が起こる。

「かんせーい！　あっ、これってあれだね、初めての共同作業！」

「……俺が手伝う意味ありましたか？」

思わずそう問いかけるが千浩の耳には届いていないようだ。共同作業というフレーズはなんだか使い所を間違えている気がするが、心底嬉しそうな笑顔を見ていたら、細かいことはどうでもいいような気がしてくるから不思議だ。

「さぁ、鏡パンはできたし、あとは大掃除の続きをして、お鍋と年越しそばの準備をして……、うわ、けっこう忙しいね。夜には天神さんにお詣りにも行かなきゃいけないし」

頭の中でこれからの段取りを考えているのか、千浩がぶつぶつと呟く。年越しに合わせて神社に行くなんて、お祭り好きそうな千浩らしい。天神さんとは、先ほど窓から見えた神社のことだろうか。

「年越しは人が多いでしょうから、気をつけて行ってきてくださいね」

何気なくそう告げると、千浩が顔をしかめてこちらを見返してきた。

「なに言ってるの？　尚吾君も一緒に行くんだよ？」

当然、というふうな千浩の様子に、尚吾は虚を衝かれて少しうろたえてしまう。

「いや、俺はいいですよ。寒いのは苦手だし、家でテレビでも見てますから」

特別な日だからと張り切るような性格ではないし、寒さ以外に人ごみも苦手だ。参拝ならば客が少なくなる三日過ぎにでも行けば十分だ。

しかし千浩は、不満そうに頰をふくらませた。

「もうっ！　そんなに付き合いが悪くちゃ女の子にモテないよ？　それに初詣なんだし、ふつう、ここは一緒に行きますって言うところでしょ」

そんなつもりはなかったのだが、千浩に対して薄情だっただろうか。自覚はないのだが、周囲にそう責められることがままある。

尚吾が謝ると、「それにね」と、千浩はすぐに表情をゆるめてくれた。

「すごくいい神社なんだよ。天神さん。お気に入りの場所なんだ」

「神社に好き嫌いなんてあるんですか？」

「あるよぉ」

尚吾の問いに、どこかのんきな響きが返ってきた。

「今日は年越しだからかなり混むと思うけど、普段は静かで、すごく落ち着くの。時間がゆっくり流れてるっていうのかなぁ。ちょっと疲れちゃった時とか、すごくオススメだよ。なんだっけ、あれ。えっと……、なんとかスポット」

「パワースポットですか？」

「そうそう」と、千浩が勢いよく尚吾を見上げる。

「とにかく、行くったら行くんだからね！　一緒に来てくれたら、尚吾君がモテますようにってちゃんと神様にお願いしてあげるから」

「え？　別にモテたいわけじゃ……」

尚吾はそう言いかけるが、千浩は最後まで聞かずに、鏡パンを持って鼻歌まじりに玄関に消えてしまった。薄々気づいていたことではあるけれど、千浩はけっこう強引な人らしい。

これも家族サービスならぬ家主サービスだ。

軽く肩を落とし、尚吾は大掃除を再開することにした。

規模の小ささに高を括《くく》っていたが、年越しの天神さんはすごい人だった。本殿に向かって並んだ人の列は境内に収まりきらず、とぐろを巻く蛇のようにぐるりと神社を囲んでいる。

家で蟹鍋と年越しそばを平らげ、『行く年来る年』が始まるのと同時に家を出た。

近くの寺から聞こえる除夜の鐘はもう数え切れないほど鳴っているというのに、ふたりはまだ境内に続く大鳥居さえくぐれていない。少し先にあるその鳥居を抜けて、ようやく本殿へと続く石の階段に到達できる。

「すっごい人だねぇ」

千浩は屋台で買ったイカ焼きをかじりながら、遙か前方を眺めていた。あれだけ食べた後でよく入るものだ。食べたものがこの小柄な体のどこに消えているのか、怪奇現象だ。

千浩は果てなどないような人垣を興味深そうに見渡しているが、尚吾はといえば高く続く人の列にうんざりするばかりだった。やはり家でゆっくりしていたかった。そうは思っても、家主のたっての希望ではどうしようもないけれど。

すぐ前に並ぶ長身の男性に視界が遮《さえぎ》られているのか、千浩がぐっと背伸びをして前方を確かめる。

「うーん……、あとどれくらいで……あっ」

その拍子に横の人に押されてしまい、千浩はぐらりと体を傾がせた。尚吾は慌てて、そのまま列の後方へと流されそうになる千浩の腕を摑んで引き止める。

さすがに呆れて溜息が漏れた。小柄な千浩は、さっきから何度もこうして人波に流されそうになっているのだ。

「少し落ち着いてくださいよ。さっきからなにやってるんですか」

尚吾が呆れてそう言うと、えへへ、と間の抜けた笑顔が返ってきた。

「何回もごめんね、って、あぁ……」

しかし尚吾が手を離した瞬間、またしても千浩が後ろによろけてしまう。

尚吾は後退する千浩の肩を、溜息まじりに左腕で抱きとめた。この人はひとりでは満足に列にも並べないのだろうか。摑んだ肩を引きよせ、ふたたび自分の横に並ばせた。

「千浩さん、あんたが来たいって言ったんでしょう。ちょっとはしっかりして――」

図らずも肩を抱くような姿勢になり、千浩の髪の毛が尚吾の顎をくすぐった。

やわらかな髪の毛から、ふわりとシャンプーの香りが起こる。尚吾も使用している市販のもののはずなのに、千浩が放つ香りはひどく甘い――。

尚吾は思わず、千浩の肩からパッと手を離した。列がわずかに進んだのをいいことに、尚吾は前に踏み出して千浩と距離をとる。

またしてもあの毒だ。近くにいるとどうにも危ない。

しかしふいにダウンジャケットを引っ張られ、尚吾はその場でたたらを踏んだ。

「はぐれちゃいそうだから、握っててもいい？」

千浩がぎゅっと、袖口を引いてこちらを見上げてきた。かすかに不安そうな表情で、尚吾の瞳を覗き込んでくる。

「……いいですけど」

尚吾は千浩を見向きもせず、口早にそう答えた。

なんだか背中の辺りがこそばゆくてたまらない。男が男の袖を引いているという構図に寒気を感じているのだろうか。とにかくそわそわと足元が浮き立って、どうにも落ち着かないのだ。

ふと、千浩がなにか気がついたようにしげしげと尚吾の顔を見上げてきた。数秒経っても視線を外そうとせず、さすがに気まずさを感じてしまう。

「……なんですか？」

尚吾が訝っていると、千浩は手にしていたイカ焼きを口に咥《くわ》え、空いた指先をすっと頭に伸ばしてきた。

そして尚吾の頭のてっぺんにさらりと触れる。

「やっぱり、しょうほふんのほうがおほなみはい」

千浩はもごもごと口を動かし、目を細める。尚吾のほうが大人みたいだと、言っているのだろうか。

尚吾が大人のようなのではなく、腕をいっぱいに伸ばした千浩のほうが子供のようなのだ。

そう思うのに言葉にはならなかった。

妙ないたたまれなさから頭に載せられた手をやや強引に振り払うと、千浩がきょとんとこちらを見返してきた。串を口から外し、窺うようにこちらを見つめている。

「あ、ごめん。もしかして頭を触られるの、あんまり好きじゃない？」

「いえ、それは別に……」

尚吾の返答に、千浩はほっとしたように「よかった」と目を細めた。

「尚吾君って大きいだけじゃなくて、大人っぽいよね。落ち着きがあるっていうのかな」

「……俺が落ち着いてるんじゃなくて、千浩さんがぼーっとしすぎなんじゃないですか？」

「よく言われるんだよねぇ。これでもしゃんとしてるつもりなんだけど。——あ、前、ちょっと進んだよ」

じりじりと進む列に続いて、尚吾たちも足を踏み出す。歩くたびに摑まれた袖に千浩の存在を感じて、やっぱり落ち着かない。

本当になんなのだろうか。

千浩といると調子が狂う。

尚吾がぼんやりと人ごみを眺めていると、「ねえ」とふたたび袖を引かれた。

「尚吾くんは、なにをお願いするか決めた？」

「……無病息災かな」

初詣には来たけれど、取り立てて願いなどない。色気のない尚吾の答えに、「渋いね」と千浩がからからと笑った。

「そういう千浩さんは？　もう決めたんですか？」

「僕はほら、尚吾君がモテるようにお願いするって、さっき約束したじゃない」

そういえば、昼過ぎにそんなことを言っていた。すっかり忘れていたので、本気だったのかと少し驚く。

それにしても、千浩から見た自分は、神頼みしなければどうにもならないほどに垢抜けないのだろうか。華やかなタイプではないことくらい自覚しているが、思春期の青少年にその宣告は少々切ないものがある。これでも、今まで少ないながら、彼女と呼べる女の子はいたのだけれど。

そんな尚吾の内心を察したのか、「ごめん」と千浩が慌てて口元をてのひらで覆った。

「もしかして、けっこう失礼なこと言ってる？　そういうんじゃなくて、なんていうか……、尚吾君は鈍そうだから。だって、ぜんぜんギラギラしてないし、興味がなければ見向きもしなさそうなんだもん。へたしたら、自分の恋愛感情にも気づかなさそうだしね」

千浩に「鈍い」呼ばわりされることは心外だが、まったく心当たりがないとも言いきれなかった。少し前まで付き合っていた後輩に振られた理由が、『なにを考えているのかわからない』という掴み所のないものだったからだ。

告白してきたのはあちらだったし自分ではうまくいっていると信じていたので、彼女のその言葉は青天の霹靂だった。けれどその子のことを好きだったかと言われたら正直微妙だったので、ある意味当然の結末なのかもしれない。

「だから、いい出会いがありますようにって、お願いしようかと思って」

「俺のことはいいから、自分のことをお願いしてください」

尚吾が素っ気なくそう答えると、千浩がなぜか眉根をよせた。

「うーん。……でも、神様に自分のことをお願いするって、あんまりピンと来ないんだよね」

「ピンと来ない？」

そう、と千浩が小さくうなずく。

「たとえば、僕の今の願い事っていうと、お店にお客さんがたくさん来てくれて、僕のパンを食べてくれますようにってことなんだけどさ。でもそれって、別に神様に祈るようなことじゃないでしょ」

食べ終えた串をプラプラしながら、千浩は言葉を続ける。

「僕が美味しいパンを作って、それで多くの人に喜んでほしいわけだから、それは僕自身の問題じゃない。もしも神様にお祈りして、その力で美味しいパンを焼けたとしても、そんなの全然意味がないってこと。僕は僕のパンで、多くの人に喜んでほしいんだもん」

そう言って笑みを浮かべる千浩は、あいかわらずのんびりしているのに、どこか毅然《きぜん》としていてかっこよかった。

尚吾のこれまでの人生で、ここまでなにかに打ち込んでいる人というのは初めてだ。だから
だろうか。千浩がほんの少しだけ、他の誰よりも輝いて見える。

本当にパンが好きなんだなと、知らずに尚吾の口角がゆるんだ。

「千浩さんのパンは美味《うま》いから、そんな願い事なんか必要ないですしね」

「本当!?」

千浩の表情がパッと輝く。

「うわー、嬉しい！　尚吾君って食べてる時もいっつも無表情だし、あんまりパンが好きじゃ
ないのかなって、実はすごく不安だったんだよ。量だけはいっぱい食べてたから、まずくはな
いんだろうって思ってたんだけどさ」

自分の無愛想が千浩を不安にさせていたとは思わなかった。尚吾は苦笑を浮かべる。

「元からそんな顔ってだけです。安心してください。ちゃんと好きですよ」

そう告げると、なぜか千浩が笑顔のままで固まってしまった。

「……あ、パ、パンだよね！　そっかそっか、ありがとね！　はー、びっくりした」

ハッとしたようにもごもごと早口でそう言うと、千浩は袖口から手を離し、勢いよく下を向

いてしまった。

パンを褒められることがそんなに気恥ずかしいのだろうか。雑誌にまで載っておきながら不思議なものだ。それになぜか、少しだけその表情が暗い気がする。

しかしそんな空気を振りきるように、千浩がパッと顔を上げた。

「美智子ちゃんから連絡はあった？」

突然の質問に、尚吾はドキリとしてしまう。

動揺を隠して、まだ連絡がない旨を伝えると、千浩の横顔にかすかに落胆の色が見えた。現実がどうであれ、千浩にとって美智子は今も恋人なのだ。やはり会いたいのだろう。

「早く帰ってきてほしいですか？」

「それはもちろん」

間髪入れずに答えが返ってくる。

しかし、千浩はふっとうつむき、がやがやと賑わう喧噪《けんそう》の中で「でもね」と小さくこぼした。

「本当のことをいうと、……美智子ちゃんが幸せなら、このままでもいいのかなって気はするんだよね」

千浩はすぐに顔を上げ、「僕が初めて美智子ちゃんに会った時ね」と語りはじめた。

「いろいろあって落ち込んでた時期だったんだ。……だけど、彼女に出会ってすごく救われたんだよ。声を掛けてもらって、本当に女神様なのかもって、そう思ったくらい」

そう微笑む千浩のほうこそ、尚吾の目には女神様のように映った。男性相手におかしな気がするが、それほど満ち足りた、優しい表情だった。

けれどなぜだか、そんな千浩の様子がひどく勘に障《さわ》ってしまう。

息子である尚吾の前で恥ずかしげもなく母親への愛情を示す千浩に苛立《いらだ》っているのだろうか。

「……あいつは外面がいいだけですよ。それに、パンのことなんてなにも知らないくせに、千浩さんと一緒に店を開くんだから、向こう見ずのただの馬鹿だ」

尚吾がばっさりとそう言い捨てると、千浩の表情がかすかに曇った。

「でも、美智子ちゃんがいなければ今の工房はなかったよ。僕ひとりじゃ、お店なんてきっと持てなかったから」

「店にいても、どうせ役になんか立たないでしょう」

「それでもだよ」

千浩は、はっきりとそう言いきる。

役に立たないというところは否定しないが、それでも美智子が必要なのだと、千浩はそう思っているようだ。当の美智子に逃げられて、息子である自分の世話を押しつけられて、それでも穏やかに笑っていられるほど美智子のことが大切なのだろう。

——そんなに好きなんですかと口を開きかけて、やめた。

どうしてなのか、その答えを聞きたくなかったからだ。

「ごめんね」

けれどふいに、千浩が視線を落とした。

「尚吾君の前で帰ってこなくてもいいなんて、無神経だったよね。……ごめん。早く連絡があるといいよね」

どこまでもお人好しな千浩の言葉に、わだかまっていた苛立ちが一瞬で失せ、胸の辺りがぽっかりとがらんどうになった。本当は千浩だってつらいくせに、どうして他人の心配なんかするのだろう。胸の空洞をスウスウと冷たい風が通り抜けていく。

千浩は本当に優しい人だ。

優しくて、本当に馬鹿な人。

なにを言っていいのかもわからず尚吾が押し黙っていると、千浩が「そうだ」と、パッと顔を綻ばせた。

「神様にはないけど、尚吾君にはお願いがあったんだ」

沈んだ雰囲気を変えようとしているのか、いたずらっぽい笑みを浮かべて尚吾を見上げる。

「もしよければさ、工房でバイトしない？」

「……バイトですか？」

思いもしなかった千浩の頼みに、尚吾はぽかんと見返した。

「実はね、ここ最近お店が忙しくって人手を探してたんだ。尚吾君ならしっかりしてるし、手伝ってもらえたらすごく助かるなーって思ってたんだけど」

「でも俺、パンのこと詳しくないですよ」

それこそ美智子以上に、と言うと、千浩が小さく噴き出した。

「大丈夫！　お願いするのはレジ打ちとか売り場の仕事だけだし、都合がつく時だけでいいから さ。そんなに多くは出せないけど、バイト代だって少しはお小遣いの足しになると思うし。

……ね、どうかな？」

お願い、と懸命に手を合わせられ、尚吾は考え込んでしまう。

学校以外になにか用事があるわけではないし、仕事を手伝うことで微力ながら居候の恩返しにはなるかもしれない。それに工房の人手が足りない原因は、きっと母親の美智子にあるはずだ。突然姿を消したので店は大慌てになっただろう。

しかし、アルバイトに入ることで却《かえ》って千浩に面倒を掛けるようにも感じ、正直気が引けた。

決め手が見つからずに尻込みしていると、ふいにどこからともなくわっと歓声が上がった。

年明けのカウントダウンだ。

千浩と話していて気づかなかったが、いつのまにか今年も残すところあとわずかとなっていたようだ。千浩が瞳を輝かせ、周囲と一緒に秒読みを始めた。

顔も名前も知らない人ばかりなのに、不思議な一体感に包まれる。

手拍子と歓声が、勢いづいたひとつの波になる。

目に見えないうねりが、ここにいる全員をどこか高い場所へと引き上げていく。
ゴ、ヨン、サン、ニ、イチ、――ゼロ！
弾けるような歓喜の渦に、尚吾の気持ちもふっと軽くなった。隣に視線を向けると、興奮しているのか顔を赤くしている千浩と目が合う。

「尚吾君、今年もよろしくね！」

「よろしくお願いします」

お約束のように挨拶を交わすと、周囲にも同じ光景が溢れていて、そんなやりとりに思わず笑いがこぼれた。

「バイトのこと、考えときます」

尚吾がそう伝えると、千浩は今年最初の笑顔を見せてくれた。

【第2工程】

松の内が明けて冬休みも残り数日という寒風の朝。尚吾は真新しい黒いエプロンを腰に巻き、揃いのバンダナを後頭部で結んだ。……と、同時に欠伸《あくび》が出た。間もなく八時。いつもならばそろそろ目を覚ます頃だが、こんがり工房は開店を迎える時間だ。

尚吾は身支度を整えて、倉庫を兼ねた小さな休憩室を後にした。

今日から尚吾も、こんがり工房の一員となったのだ。

迷いはあったが、ひと晩考えて千浩の申し出を受けることにした。店は本当に人手が足りないようだったので、素人でも猫の手よりはマシだろうと考えたのだ。

千浩たちは仕事を開始してだいぶ経っているようで、早朝だというのに、厨房には熱気とパンの香りが充満していた。

「尚吾君、おはよう」

スペース中央に設置された作業台で生地を切り分けながら、千浩がいつもと変わらない笑顔を浮かべていた。「おはようございます」と、尚吾も厨房にいるスタッフに頭を下げる。

スタッフといっても、厨房には千浩と、先日も店にいた女性店員のあかりしかいない。あとは売り場にもうひとり、若い男性職人がいるのみだった。行方不明の美智子を除けば、工房は三人という少人数で店を回しているらしい。

タイマー音なのかピピッという音が鳴ると、千浩は縦長の大きな機械に近づいて生地を取り出した。丸いパン生地の並んだ天板を出し、また別の機械へと移し替える。生地を移した機械はオーブンだろう。上、中、下と三つに分かれた扉の小窓から、ぼんやりとオレンジの光が覗き見えていた。扉は独立しており、それぞれでパンを焼くことができるようだ。

千浩は上の窯《かま》に生地を入れたかと思うと、次の瞬間にはすぐさま下の窯を調整しはじめる。淀みのない手つきで作業を終え、すぐにまた作業台へと戻っていった。先ほど切り分けていた生成り色の生地を浅い箱に収め、箱ごと縦長の銀ラックの中に重ねる。

どの作業も手際がよく、いつものおっとりした千浩とは別人のようだ。きびきびと厨房内を動き回り、多くの作業を同時にこなしていく。

「じゃあ、尚吾君はそこのパンを持って売り場に出てくれる？　置き場所なんかはあかりちゃんが教えてくれるから、わからないことがあったらなんでも聞いてね」

パンの並んだ籐かごを視線で示し、「あかりちゃんもよろしくね」と言い足した。

千浩が指定した籐かごの中には二種類のパンが並んでいる。スライスアーモンドと粉砂糖のたっぷりかかったクロワッサン、それに美しい焦げ色のついたブリオッシュだ。てっぺんにぽっこりと飛び出た丸いこぶがなんとも愛らしい。

あかりは「わかりました」とだけ答え、尚吾には目もくれず売り場へと向かった。その表情がふてくされて見えるのは気のせいではないだろう。そういえば、あかりとは今日一度も視線が合っていない。

尚吾がパンかごを手にしてその後を追うと、あかりは大きな窓に面した棚までずんずんと突き進んでいった。やはりこちらを見向きもせず、心底面倒そうにその一カ所を指す。

「それはここに置いて」

開店前ということもあり、棚にはすでに多くのパンが並んでいる。けれど所々、まだ空いている空間もあった。今からこの隙間もパンで埋まっていくのだろう。

尚吾が指示どおりにパンを収めると、あかりは滔々《とうとう》と口を動かしはじめた。

「パンの種類によって大体置き場所が決まってるから、ちゃんと覚えて。通りから見えるこの棚にはヴィエノワズリーよ。華やかなパンだからなるべく人の目につく場所に置いてちょうだい。サンドイッチやシュー系はあっちの冷蔵棚。焼きたてのパンやその日のオススメは店の真ん中にある台。ごちゃごちゃに見えないように気をつけて」

突如始まった一方的な解説に、尚吾はぽかんとあかりを見つめる。

しかしあかりは気に掛けた様子もなく、「それから」と、店の中央へと向き直った。店の入り口から見て左奥のレジを指さし、話を続ける。

「あっちのレジ横の棚はリーン系のパン。ハードなやつから順に並べていくのよ。千浩さんは特にフランスパンが得意だから、カンパーニュやバタール、あと、コンプレなんかは必ず一番上の棚に置いて目立つようにして。遠くから買いにいらっしゃるお客さんもいるから。もちろん、バランスを見て陳列するから、絶対に今話したとおりってわけじゃないけど、大体はこんな感じね。——以上よ。質問は？」

矢継ぎ早の説明が終わり、尚吾は呆然《ぼうぜん》と頬を掻いた。

なんだかわけのわからない横文字が右から左へと流れていった。リーン？　ヴィエノ……、コン……、コンパ？　なんだかよくわからないが、ロールプレイングゲームに出てくる呪文のようだ。

「あの、正直さっぱりです」

取り繕ってもしかたがないので、尚吾は素直にそう答える。しかしあかりは軽く溜息をつくだけで、さっさと厨房に戻ってしまった。

どうしたもんかと尚吾が腕組みをしていると、すぐ近くから忍び笑いが聞こえてきた。笑っているのは若い男性で、こんがり工房に勤める、もうひとりのブーランジェリーだ。

実年齢は知らないが、見かけだけならば千浩よりも年上に見える。おそらく二十代後半というところだろう。

「かわいそうに。さっそく意地悪されちゃって」

男はそう言うと、いきなり尚吾と肩を組んできた。ひょろりと背の高い猫背で、少し長めの明るい髪の毛を後ろで束ねている。慰めているつもりなのかもしれないが、初対面にしては馴れ馴れしく、軟派な印象を受けた。

「店長の息子さんなんだろ？　俺のことはゴローって呼んでくれ。よろしくな」

名札には『池《いけ》』としか書いていないのでわからないが、きっと下の名前なのだろう。よろしくお願いしますと答えながら、尚吾はゴローの手を肩からさりげなく外した。

「あかりもなぁ、悪いやつじゃないんだけど、店長に妙な敵対意識持ってるもんだからさ。お前まで標的にされちゃってんだな。ま、気にすることたねえよ」

気を悪くしたふうもなく、ゴローはあいかわらずニヤニヤと笑っている。

浮ついて見えるが、その分話しやすそうだ。この人ならば先ほどの疑問に答えてくれそうだと、尚吾はさっそく問いかけた。

「あの、さっきのリーンとかコンパって、なんなんですか？　さっきあかりさんが言ってましたけど」

ああ、とゴローがうなずく。

「コンパじゃなくてコンプレな。……そういや、あかりがさっき捲したてたな。別にバイトだし、いきなりそこまで覚える必要もないとは思うけど」

そう言うと、ゴローがレジ横の棚に並んだパンを指さした。

「リーン系ってのは、バターやら砂糖やらを使わずに、基本的な材料だけで作ったシンプルなパンのことだ。あそこに並んだ、食パンだのバゲットだの、食事として食べるパンを想像したらいいかな。ヴィエノワズリーはその逆で、バターや砂糖をたっぷり使ったパンのことな。お前がさっき店に並べた、ブリオッシュやクロワッサンなんかがそうだ。あとは、クラストってって、皮の固さでハードとソフトに種類が分かれたりもするけど」

「……なるほど。いろいろ種類があるんですね」

「そういうこと。そんで、千浩さんはリーン系のフランスパンが得意だから、うちの店はよそより扱ってる種類が多いんだよな。日本人がよくイメージするような細長いやつだけじゃなくて、さっきあかりが言ってた、コンプレとかカンパーニュってのもそのうちのひとつで、……まあ、初めて見る人にはあんまり違いがわかんねえかもな」

おいおい覚えていけばいいさと、ゴローがニッと相好を崩す。初めは軽薄そうに感じたけれど、案外いい人なのかもしれない。この人がいてくれて少しほっとした。千浩は忙しそうだし、あかりとふたりだけではさすがに気詰まりだっただろう。

それにしても、どうしてあかりはそこまで美智子のことを嫌っているのだろうか。

尚吾はふと疑問に思い、ゴローに尋ねた。

「あの、あいつ……母さんって、あかりさんになにかしたんですか？」

うっかりいつものくせで『あいつ』と言ってしまう。傍若無人《ぼうじゃくぶじん》な美智子のことなので、知らぬ間に迷惑をかけていることも十分ありえそうだ。

しかしゴローの答えは「そんなんじゃねえよ」というあっさりしたものだった。

「あかりは根が真面目だし、将来独立を目指してるくらい真剣なもんだから、基本的に軽いノリの店長とはソリが合わなかったみたいだな。……なんつーか、店長って愛想はいいんだけど、肝心のパンのことはさっぱりだったから。何年働いてもパンの名前すら覚えないいし。特にリーン系になるとからっきしだったもんなぁ」

美智子のこの店での働きぶりが窺い知れ、さすがに息子として溜息が出てしまう。なぜパン屋なのかと不思議に思ってはいたのだが、やはりそこに特別な情熱などはなかったようだ。恋人がパン職人だというだけで店を開いたのだろう。あの人ならやりかねない。

「俺はけっこう好きだったんだけど」というゴローのフォローに、尚吾は思わず苦笑する。

「それに、あかりは千浩さんに心酔してるからな。大体、千浩さんのことをご大層にチーフなんて呼ぶの、あいつしかいないし。しかもその敬愛するチーフが、事情があるとはいえ、名ばかりの店長相手に甘い顔するのが許せなかったんだろ……って、あ、わりぃ」

「いえ、別に。本当のことだろうし」

事情とは、千浩と美智子が恋人だということだろう。

たしかに、真剣にパン職人を目指すあかりにとって、恋人というだけで千浩の上に立ち、あげく優遇されている美智子はさぞ腹立たしい存在だっただろう。こんな小さな店で大奥よろしくの愛憎劇が繰り広げられていたとは。無害そうな顔をして、千浩はなかなか罪な男だ。

そんなことを考えていると、「んなことよりさ」と、にんまりと笑ったゴローの顔が近づいてきた。わざわざ手まで添えて、尚吾だけに聞こえるよう耳打ちする。

「お前、千浩さんと一緒に住んでるんだろ？　……どうよ、そのへん。大丈夫なわけ？」

「大丈夫って、なにがですか？」

ゴローの質問の意味が理解できず、尚吾は反射的にそう訊き返した。「またまたぁ」と、ほどいたばかりの肩をまた組まれる。

「シレッとしちゃって。あの千浩さんとふたりっきりで、なんともないとは言わせねえよ。どうなの、夜とか。ちゃんと我慢できてる？」

なんとも不穏な物言いに眉をひそめるが、先日この店で見かけた光景を思い出してすぐに合点がいった。魔性の魅力で無自覚に周囲の男たちを惹きつける千浩とふたりで、お前はなんともないのかと、ゴローはそう言っているのだ。

尚吾は顔をしかめ、ゴローの腕を今度は乱暴に振り払った。アルバイト先の先輩で、しかも年上ではあるけれど、なんとなくそれが許されるキャラクターだ。

「全員が全員、千浩さんをそんな目で見るわけじゃないでしょう。大体、当の本人が女が好きなのに、心配する意味なんかないですよ」

千浩は美智子と付き合っていたし、同性愛者ではないはずだ。一方的に男に好かれたところでどうなりようもないだろう。

「でも、千浩さんの気持ちと、千浩さんにムラムラするお前の気持ちはまったく別モンだろ？」

これはオフレコなんだけどと、さらにゴローが声をひそめた。

「千浩さんはな、以前、知らない男に道端で襲われたことがあるんだ」

「襲われた⁉」

思いもよらないゴローの発言に、尚吾の背筋が一瞬で凍る。

襲う？　男が男を？　しかも往来で？　世も末だと呆れる尚吾だったが、続くゴローの言葉はさらに驚くべきものだった。

「でも千浩さん、ああ見えて腕力すごいからな。かなり大柄な男だったたって聞いたけど、……たしか、学生の頃からボクシングをしてたとかなんとか……、まあそれはいいや。とにかくそいつを、千浩さんひとりで取り押さえて、警察に突き出したんだぜ。顔ぶん殴ったら一発KOだってさ。笑えるよなぁ」

ゴローはパッと顔を離し、カラカラと笑ってみせた。

「……ぜんぜん笑えませんよ」

「ま、そこまでひどいヤツは珍しいけどな。つーかあの人、多少つきまとわれたくらいじゃ気がつかないくらい、とんでもなく鈍いから。知らぬが仏っつーのか？　本人はなーんも知らずに平和に暮らしてるよ」

「それ、わかる気がします」

尚吾がしみじみと返すと、「と、いうわけで」と、ふいにゴローが真顔になった。

「お前も千浩さんの寝込みをいきなり襲ったりしちゃダメだぜ？　その澄ましたお顔がぐちゃ

ぐちゃになっちゃうからな」

「……そんなことするわけないでしょう？」

あくまでも尚吾を疑うゴローに、さすがにうんざりしてしまう。本気なのか冗談なのか、この人の言うことはわかりづらい。

「大体、人のことばっかりとやかく言ってるけど、そういうゴローさんこそどうなんです。四六時中一緒にこの店で働いてるくらいだし、相当キてるんじゃないんですか？」

あまりのしつこさに、尚吾は軽い意趣返しのつもりでそう尋ねる。けれどその答えは、「心配ないね」という飄然《ひょうぜん》とした声だった。

「俺はネコだから、千浩さんになびきようがないわけさ」

「猫？　ふつうに人間じゃないですか？」

もしかしたら、猫背という意味で言ったのだろうか。たしかにゴローの姿勢はやや前屈みではあるけれど、それでも意味がわからない。

尚吾が首を傾げていると、ゴローが声を上げて笑い出した。

「お前、かわいいなぁ。あと三十年上だったら守備範囲だったのに」

男は下っ腹が出てからが勝負だと、ゴローに服の上から股間を撫でられる。その突飛な行動で、尚吾はようやく意味を理解した。つまり、ネコとはそういうコトなのだろう。

同性愛に偏見があるわけではないが、ここまであっけらかんとされると逆に驚いてしまう。

その場で固まっていると、ゴローに勢いよく首根っこを摑まれてしまった。

「ぐっ！」

シャツの襟が首にきつく食い込み、息ができなくなる。

童顔で天然魔性な千浩に、自分を毛嫌いするあかり、それにおしゃべり好きで軟派な同性愛者のゴロー。とてもではないがうまくやっていける自信がない。

やはりこの店でのアルバイトは失敗だっただろうか。

「ま、なんかあったら先輩の俺に相談しな」

がはは、と笑ったかと思うといきなり手を離されて、尚吾は床に倒れ込んでしまった。咳き込みながら考えるのは、安易に仕事を引き受けてしまった短慮《たんりょ》な自分への後悔だった。


アルバイト初日は嵐のように過ぎていった。

浴室で体を洗いながら、尚吾は一日の労働で硬くなった首を軽く回す。今日は初日ということで閉店後の片付けは免除されたが、開店からのフルタイム勤務ですっかり疲労困憊《こんぱい》だ。店の活況もあってか、パン屋のアルバイトは見た目以上にハードなのだと身をもって知った。

慣れない仕事の中、あかりの鋭い監視の目も精神的に少々堪える。細かいことに物怖じする質ではないが、さすがに愉快な気分というわけにはいかない。全身を隈《くま》なく洗って湯船に入ると、そうした疲労感まで湯に流されるようでほっとした。

口元までお湯に浸かり、ぶくぶくと息を吐き出す。

正直、なんの役にも立てなかった。パンの名前も値段も把握できていないので、満足にレジも打てなかったのだ。できたことといえば、焼き上がったパンを売り場に出したり、空のかごを下げたりといった単純なことばかりだ。けれどそれだって置き場所がわからず、周囲に頼らざるをえなかった。

千浩は帰り際に助かったよと言ってくれたが、その後ろでむっすりしていたあかりを思い出せば、本当はさほど役に立ってなどいないのだろう。アルバイト初日なんて誰だってこんなものだとは思うけれど、持ち前の真面目さから、どうにも気分が沈んでしまう。

(……落ち込んでもしょうがないか)

尚吾はバチンと両頬をてのひらで叩き、活を入れて風呂を出た。

短い黒髪をタオルで拭きながらリビングに向かうと、ソファに横たわる千浩の姿を見つけた。どうやら尚吾の入浴中に帰宅したようだ。珍しくぼんやりと思案に耽《ふけ》っていて、帰ってきた物音にもまったく気がつかなかった。

片付けがない分、尚吾は早めに帰宅したが、千浩は当然最後まで店に残っていたはずだ。疲れて寝てしまったのだろう。

——この人を置いて、美智子はどこに行ってしまったのだろうか。

無防備に眠っている千浩を見ていると、ふとそんな考えが頭をよぎった。

放蕩な母親であることは嫌というほどわかっているが、千浩がその被害に遭っているのだと思うと、胸の辺りが締めつけられるようだった。しかしながら千浩も千浩だ。行き先も告げずに消えた恋人を、どうして今も想い続けているのだろう。

自分ならきっと無理だと、尚吾は千浩の寝顔をぼんやりと見下ろした。

事実、尚吾は過去に一度、母親への反抗心から家を飛び出したことがある。

高校入試を間近に控えていた冬で、ちょうど今のような底冷えのする季節だった。めまぐるしく変わる父親に恋人、そして蒸発する母親。そんなことが何度も続き、いくら神経の太い尚吾とはいえ我慢の限界が訪れたのだ。

しかし家を出たところで頼る当てなどなく、少ない小遣いを手に友人の家やファストフード店を転々とする日々だった。その上携帯にかかってくる電話は友人や教師からのものばかりで、待てど暮らせど母親からの連絡はなかった。

当然ながらひと月とせずに資金も底をつき、行く当てのなくなった尚吾が家に戻ると、当の美智子は「おかえり」とのんきにカップラーメンを啜って昼ドラを観ていた。

その様子があまりに普段どおりなので、家出をしていたことにすら気づかれていなかったのではと、脱力からその場に倒れ込みそうになったことをよく覚えている。事実を確かめたくとも、本当にそうだったらと思うと訊く気になれず、結局三年が経ってしまった。

最近ではもう思い返すこともなかったが、一途に美智子を信じ続ける千浩を見ていたら久々に思い出してしまった。尚吾はかすかに苦笑して千浩を見つめる。

暖房が効いているとはいえ寝ていると肌寒いのか、千浩が小柄な体をソファの上でますます小さくした。今にもくしゃみをしそうな情けないその表情に、ふっと肩から力が抜ける。

このまま横になっていては風邪をひいてしまうかもしれない。

尚吾は千浩の肩に手を置き、軽く揺さぶった。

「千浩さん、こんなとこで寝てたら風邪ひくよ」

「う……ん」

そう声を掛けるが、千浩は一向に起きる気配をみせない。パン屋の仕事は予想以上にハードだった。特にパンを焼いている千浩は尚吾の何倍も体力を使っているはずだ。

店のスタッフは早上がりや遅番の日もあるようだが、千浩自身は常に店にいるらしい。それに加えて年越し休暇が明けての仕事ということもあり、疲労が出ているのかもしれない。

毛布を取ってこようかとも考えるが、千浩の体なら部屋まで抱えていけそうに思えた。このままソファで寝ていては翌日まで疲れが残ってしまうだろう。

（しょうがないな）

千浩の背中と膝の裏に腕を差し込み、尚吾はその体を抱き上げた。

眠っていて体重をすべてを預けられているせいか、見た目ほど軽くはなかった。そのまま千浩の部屋へと向かい、ベッドに寝かせようと背中からそっと下ろす。

しかし寝ぼけた千浩がバランスを崩し、尚吾も一緒によろけてしまった。

「ちょっ、あぶな……」

急なことでふんばりがきかず、尚吾も前に倒れ込んでしまう。どさりとベッドの上に乗り上げて、千浩の体に覆いかぶさった。

気がつくと、すぐ目と鼻の先に千浩の顔があった。

尚吾の濡れた髪の毛から雫《しずく》が落ち、千浩の口を濡らす。水滴が唇に染み込み、やがて形をなくした。じわりと潤んだ薄い唇に、ガツンと横っ面を叩かれたような衝撃が襲った。心音がすごい勢いで速まっていく。

千浩の唇から目が離せず、尚吾はその場で微動だにできなくなってしまった。

突如、「千浩とふたりきりで大丈夫なのか」というゴローの言葉が脳内に響く。

普段はあっけらかんとしていて性的な匂いなど感じさせない千浩だが、今の尚吾の目には、はっきりと劣情の対象として映っていた。

たしかに、自分は千浩に欲情している。

普段はパンのことしか考えていないようなこの人でも、欲望を持てあまして自分で発散したりするのだろうか。

だとしたらきっと、このベッドの上で？

そんなことまで考えてしまい、尚吾はごくりと固唾《かたず》をのんだ。

胸が、それに体の中心が、熱くて苦しくて、どうにかなってしまいそうだ。どうして千浩相手にこんなことを想像してしまうのか、わけがわからない。

それにこれでは、工房に来ている男たちと一緒だ。千浩を巡っての朝の騒動を思い浮かべると、少しだけ頭が冷えた。あんな情けない姿は絶対にごめんだった。

（大体、この人は男なんだから、それさえ確かめれば……）

いくら千浩の容姿がかわいらしくとも、男の体だと確認すればどうということもないはずだ。

尚吾はそう思い立ち、服の上から千浩の胸に触れた。

そこには当然、自分と同じようにのっぺりと硬い胸しかない。けれどどうしたわけか荒い鼓動は少しも治まらず、いっそう激しく打ちはじめた。

厚めのシャツ越しに千浩の温もりと鼓動が伝わり、なぜだか泣きそうになってしまう。

これではまったくの逆効果だ。欲情は落ち着くどころか油を注がれた火のように、尚吾の中で激しく燃えさかっていく。

「……あれ、しょうご、くん？」

ふいに千浩が目を開き、ぼんやりと尚吾の名前を呼んだ。

どうやら最悪なタイミングで起きてしまったようだ。

さすがにこの状況はまずいのではないだろうか。襲われていると勘違いされ、家を追い出さ

れる可能性も否定できない。それだけでも恐るべき事態だが、以前千浩を襲って一発KOとなった男の話を思い出してさらにゾッとした。顔面がぐちゃぐちゃ……。尚吾の体から一気に血の気が引いていく。

尚吾は慌てて体を起こして千浩から離れ、ベッドの上で姿勢を正した。

「えっと、その、ソファで寝てたからベッドに連れてこうと……。それであの、……転んで」

どうにか説明しようと、尚吾は必死に口を動かす。すべて本当のことなのに、この後ろめたさはなんだろう。

初めこそ不思議に思っていたようだが、千浩はすぐに「そっか」と頬をゆるめた。軽く欠伸をするとのろのろと上半身を起こし、尚吾と向かい合うように座った。

「わざわざごめんねぇ」

千浩はとろんとした目を尚吾に向ける。

「いくらなんでも重かった……でしょ……」

むにゃむにゃとそう口にすると、千浩は尚吾の肩に額をよせてきた。鎖骨の辺りを前髪でくすぐられ、思わず全身が跳ねそうになる。またしても香るシャンプーの匂いに、心臓が口から飛び出てしまいそうだ。

「ち、千浩さん？」

いきなり額を密着させてくるなんて、一体どういうつもりなのだろうか。

ドキドキしながら千浩の肩を両手で支えると、「ぐぅ」と間の抜けた音が聞こえてきた。そのまま体を引き離せば、かくんとその頭が後ろに折れる。大きく開いた口からは、だらしなく涎が垂れていた。

「寝てる……」

色気のかけらもないその寝顔に、ようやく尚吾の熱も引いていく。

いくら睡魔に襲われているとはいえ、マイペースにもほどがあるが、その寝汚さのおかげでどうにか顔面破壊を免れることができた。尚吾は軽く身震いして、千浩に欲情した自分をかぶりを振って否定する。

千浩の体を引き離してふたたび寝かせると、逃げるように部屋を後にした。

また、あの夢を見てしまった。

尚吾は暗澹《あんたん》たる思いで洗濯機のスイッチを押す。浴室の窓から差し込む朝日が眩《まぶ》しくて、罪悪感でこのまま消えてしまいたくなった。

朝起きて早々に洗濯機を回すことになった理由、つまり、下着を取り替えることになってしまった原因は、間違いなく数日前のあの夜にあった。ごうごうと渦巻く洗濯槽を眺めながら、尚吾は深く長い息を吐く。

――あれからほぼ毎晩、夢に千浩が出てくるのだ。

夢の中の千浩は決まって、あのベッドの上で自身の欲望を慰めていた。大きめのシャツに隠れた下肢に、ほっそりとした指を伸ばし、くちゅくちゅと水音を立てて愛撫《あいぶ》する。瞳や頬をとろんと赤らめ、途切れがちな吐息は現実かと疑うほどにリアルだった。

しかも夢を重ねるごとにバリエーションが増えており、昨夜の千浩はなぜか薄いピンクのナース服だ。先日、友人の家で見かけたエロ本がコスプレ特集だったせいだろう。

尚吾だって健全な青少年として人並みに色事に興味はある。淫夢《いんむ》のひとつやふたつ、さほど珍しいことではないかもしれない。けれど、よりにもよってなぜその対象が千浩なのだろう。美人で有名な隣のクラスの山本《やまもと》でも、件《くだん》のエロ本の表紙を飾るグラビアアイドルでも誰でもいいはずなのに、どうしてその対象が同居人のおじさんなのだ。

それも千浩の持つ謎のフェロモンのせいなのだろうか。

このまま無事に千浩と暮らしていけるのか、今となっては尚吾も不安を拭いきれなかった。眠りに落ちて無防備だった千浩の姿はそれほどに扇情的で、一晩で尚吾の意識を変えてしまうのに十分だったのだ。

ふいに記憶がよみがえり、尚吾は洗濯機の縁を握りしめたまま硬直した。薄く濡れた唇、トクトクと脈打つ温かかな胸、首元によせられた額。それに自分を呼ぶ千浩の声。

なんだか今もまだ、千浩に名前を呼ばれている気がする。

『尚吾君』

耳に優しく、鼓膜をくすぐるような甘い声だった。

「尚吾君」

違う。あの時の声はもっとおっとりと、とろけるような響きで――。

「尚吾君ったら！」

耳元で大声が炸裂《さくれつ》し、尚吾は弾けるようにそちらを振り返った。

すぐ隣に、しかめっ面の千浩が立っている。どうやら気のせいではなく、本当に千浩に呼ばれていたようだ。

「もう、何回呼んでも気がつかないんだもん。どうしたの？　なにか考え事？」

「いえ、ちょっと寝ぼけてて」

まさかあんな卑猥《ひわい》な妄想を繰り広げた相手に真実を話せるはずもない。バクバクと狂ったような心臓の高鳴りなどおくびにも出さず、尚吾はいつもの仏頂面でそう答えた。

今日は店が定休日なので千浩も朝から家にいるようだ。休日はたいてい昼まで寝ているのに、なんという間の悪さだろう。

千浩は疑わしげに小首を傾げ、ごうごうと音を立てる洗濯機に視線を向けた。

「あれ、もう洗濯してるの？　いつもはお風呂の後なのに」

「……今日は休みだし、天気もいいですから」

尚吾はいたたまれない気分でそう答え、さりげなく洗濯槽の蓋《ふた》を閉めた。なんだかすべてを見透かされているようで気が気でない。針の筵《むしろ》とはこういう気分なのだろう。

けれど千浩はすぐに興味をなくしたのか、「それよりね」と尚吾に視線を戻した。

「尚吾君に渡したいものがあるんだ。ちょっと、こっちに来て」

千浩は嬉しそうにそう言うと、尚吾の手を取ってリビングへと引っ張っていった。

直に触れる千浩の手にドキドキしながら、尚吾は静かにその後をついていく。欲にまみれた自分の本性を知っても、千浩はこうして手を繋いでくれるのだろうか。

そんな疑問に胸が痛むが、それ以上は考えないことにした。

リビングに入ると、千浩はカウンターテーブルに置かれた数枚の紙を取り、尚吾に手渡した。Ａ４サイズのルーズリーフに、ミミズがのたくったようなイラストがいくつも並んでいる。

「なんですか、これ？」

「工房で扱ってるパンの価格表を作ってみたんだ。こっちがパンの絵で、隣に書いてあるのがその名前と値段だよ」

千浩はパンのイラスト、……だとは言われるまでわからなかったが、それと文字の部分とを順番に指さしていく。

「絵はあんまり得意じゃないんだけど、こういうのがあると少しは違うかなと思って。本当はお店に入る前に作っておけばよかったのに、そこまで頭が回らなくってごめんね」

わざわざ仕事が終わった後に描いてくれたのだろうか。イラスト自体はお世辞にも上手とは言えないけれど、それでも種類が多いので時間が掛かったはずだ。

店のためだといえばそのとおりなのだが、それでも気持ちが嬉しかった。パンの種類がわからず手間取っている尚吾を気にしてくれていたのだろう。

けれど照れくささから、尚吾の口からは愛想のない言葉が飛び出してしまう。

「……絵心ゼロですね」

尚吾の軽口に、千浩がムッと頬をふくらませた。

「うるさいなぁ。心の目で見てよ。心がきれいな人にはちゃんと見分けられるんだから」

「そんな無茶な」

ふっと視線が重なり、目が合うのと同時にふたり一緒に噴き出した。

「実際には仕入れとか季節とか、あとは天気によってもメニューを変えるから、それだけで全部ってわけじゃないけど。それでも、とりあえずは十分だから」

「ありがとうございます。使わせてもらいます」

もらった紙を小さく掲げて礼を言うと、千浩のほうが嬉しそうに目を細めた。

【第3工程】

嵐というのは唐突にやってくる。

ぽつぽつと降りはじめた小雨はあっという間に本降りとなって街を濡らした。尚吾は工房の窓から曇天を見上げて肩を落とす。

すでに冬休みは終わり、数日後はバレンタインという季節だ。気がつけば尚吾がアルバイトを始めて一ヶ月以上が経っていた。千浩が作ったパンの価格表のおかげもあってか、すっかり店の仕事にも慣れてきている。

尚吾が担当する仕事の内容はレジ打ちや陳列、それに清掃や簡単な製造補助といったわりと単純作業ばかりなので、パンの種類さえ覚えてしまえばそれほど苦はない。

今は荒天のせいか、もしくは閉店時間が近いためか、珍しく客がひとりもいなかった。

学校帰りにアルバイトによったのだが、昼間はよく晴れていたので傘など持ってきていない。予備があればいいけどと雨のカーテンをぼんやり眺めていると、ふいに店の脇に一台の車が止まった。

工房がある、ごく一般的な住宅地には不釣り合いな、黒のアウディA8だ。

運転席からひとりの男性が降り、傘を差した。傘布に隠れてその顔はよく見えないが、すらりと背が高く仕立てのよさそうなスーツに身を包んでいる。高級車といい、その凛《りん》とした佇《たたず》まいといい、ますますこの辺りには不似合いだ。

珍しいものを見る思いでその姿を目で追っていると、男性が迷わずこちらに向かってくるので驚いた。どうやら、目的はこの店らしい。

カランとカウベルが鳴り、店の扉が開く。男性はすぐに傘を閉じて傘立てにしまうと、肩についた雨粒をさっと指先で払った。そんな所作ひとつをとっても優雅だ。

ふと男性と目が合い、尚吾は慌てて「いらっしゃいませ」と声を掛けた。

男性はにこりとも笑わずに尚吾を見返す。顔のつくり自体はそう目立つものではないが、ピンと張りつめた糸のような視線が美しい。けれど温度を感じない冷たい容姿だ。年齢は千浩と同じ三十代くらいに見える。

男性は軽く店内を見渡し、すぐに尚吾に視線を戻した。

「向井さんにお取り次ぎいただけますか?」

「向井ですか?」

尚吾が聞き返すと、男性は「はい」とうなずいた。その口調も一定のリズムで淡々としており、ますます男性がつくりものめいて見える。

「久川《ひさかわ》と申します。石井《いしい》の代理で参りましたと、そうお伝えください」

尚吾は久川に一礼して厨房に向かう。千浩とは雰囲気が違いすぎて接点があるようには見えないけれど、一体どういう関係なのだろうか。かといって客というふうでもない。

尚吾は眉をひそめながら厨房に入ると、「千浩さん」と声を掛けた。

千浩は使用した天板などを流し場で洗っていた。あかりとゴローもそれぞれ片付けに入っており、厨房内はがちゃがちゃとせわしない。水の音や天板がぶつかり合う音とで聞こえなかったのか、もう一度名前を呼んで、ようやく千浩がこちらを振り返った。

「ごめん、尚吾君、呼んだ？　ぜんぜん気がつかなかった」

壁かけのタオルで濡れた手を拭きながら、きょとんと尚吾を見返す。

「千浩さんいますかって、ヒサカワって人が店に来てるけど」

尚吾はちらりと、視線で店の入り口の方角を示した。久川という名前に思い当たることがないのか、千浩は不思議そうに首を傾げる。

「ヒサカワさん？」

「イシイの代わりに来たって、そう言ってましたよ」

「ヒサカワさんにイシイさん？　……うーん、誰だっけ。なんか聞き覚えはあるんだけど」

記憶の糸を辿っているのか、千浩は宙を見上げながら厨房を後にする。すれ違う間際、「そうだ」と尚吾を振り返った。

「今日はもうお客さんも来ないだろうし、尚吾君は先に上がっていいよ」

「え？　もうすぐ閉店だし、それまでいますよ」

「せっかくだから上がっちゃいなさいよ。店は私が見とくから」

尚吾が躊躇《ちゅうちょ》していると、あかりがそうとりなしてくれた。あかりがそんなことを自分から言い出すなんて珍しいこともあるものだ。

「時間はちゃんと七時上がりにしておくから、気にしないで」

千浩はそう言い残すと、来客の待つ売り場へと向かった。

本当にいいのだろうかと少し逡巡《しゅんじゅん》するが、千浩たちの言葉に甘えることにした。閉店までは残り十分もないけれど、予想外の早上がりというのはなんとも得をした気分だ。

厨房の器具をしまっているゴローを尻目に、尚吾は軽い足取りで休憩室に向かった。さっさと着替えを済ませ、運よく見つけた店の置き傘を借りて再び厨房に戻る。

しかしそこにはゴローとあかりしかおらず、千浩は戻っていなかった。先ほどの来客とまだ話し込んでいるのかと、売り場に出ても千浩の姿はなく、尚吾はかすかに違和感を覚える。窓から通りに目を向けると、停まっていたはずの車も消えていた。

このひどい雨の中、千浩たちは一体どこに行ってしまったのだろう。

その日、千浩が帰宅したのは、夜もとっぷりと更けた頃だった。


「ひぎゃっ」という奇妙な悲鳴に、尚吾は勢いよくソファから腰を上げた。

夕食も済んで、満腹感から少しうとうとしていたけれど、突然の叫び声に一瞬で眠りから引き戻された。次いで激しい水音も聞こえ、まさか千浩が風呂で溺《おぼ》れているのだろうかと、慌てて浴室に駆けつける。

「どうしたんですか！」

　尚吾が到着するのと同時にガラス戸が開き、ずぶ濡れになった千浩が中から飛び出してきた。そのまま突進され、図らずもその体を抱きとめるかたちになる。

「わっ、尚吾君？」

「ごめん」とこちらを見上げてくる千浩は、当然ながら裸だ。その体はなぜかひんやりと冷たくて、大きく見開かれた瞳と白く濡れた素肌に、思わず心臓が跳ね上がった。今さらながらハッとして、尚吾は思わず千浩の肩を摑んで引き離す。

「すみません」と、宙に視線を泳がせながら回れ右をした。

　そのまま早足で廊下に出て、後ろ手でバタンと扉を閉める。男同士なので、裸を見るくらいどうということもないはずなのに、相手が千浩だと妙にいたたまれない気分になってしまう。

「……あの、一体どうしたんですか？」

　罰の悪さを誤魔化すように尚吾が扉越しにそう尋ねると、背後から千浩のくしゃみが聞こえてきた。体の水気を拭いているのか、ごそごそと衣擦れの音もする。

「それがね、お風呂のお湯が水になってて、驚いた拍子にバスタブの中に落ちちゃっ……た……っへくしゅ！」

すべて言い終わらないうちに、千浩が二度目のくしゃみを炸裂させた。

先ほどぶつかられた時、千浩の体が氷のようだったのはそのせいなのだろう。自動湯沸かしのボタンひとつでお湯が溜まる機能が備わっているのに、いくらぼんやりした千浩とはいえここまでの失敗はさすがにおかしい。

（やっぱり、なにかあったのか？）

実はここ数日、千浩の様子がどうも変なのだ。

尚吾が知る限り、仕事中はどうにか集中しているが、それ以外、特に家での千浩はこのとおり上の空だった。大小関わらず、ミスをいくつも重ねている。

他にも、休日にぶらりと姿を消したかと思うと意気消沈した様子で戻ってきたり、とにかく妙な行動が増えていた。溜息も多く、その数でギネス記録に挑戦できそうな勢いだ。

しかしその原因は、尚吾にもなんとなくわかっている。

おそらく、あの久川と名乗る男のせいだろう。

千浩の様子がここまで変わってしまったのは、あの雨の夜からなのできっと間違いないはずだ。久川が店を訪れてからもう数日が過ぎているというのに、千浩の様子は浮ついたままで落ち着きを取り戻す気配はなかった。

それに、態度がおかしいのは千浩だけではない。

あかりも尚吾のことは関係なしにひどく不機嫌だし、ゴローだけはいつものように飄々《ひょうひょう》としていて摑み所がないが、店全体の雰囲気がたしかに変わっているのだ。言葉では表現しづらいが、ピリピリと張りつめていて、長時間いると変に気疲れしてしまうこともある。

久川が来訪してきたあの日、千浩の帰宅はいつもよりずいぶん遅かった。どこに行っていたのかとそれとなく尋ねてみたが、はっきりした答えが返ってこず、それは今も不明なままだ。あまりプライベートを詮索するのもどうかと思い、それ以上尋ねることはしなかったが、ここまで様子がおかしいのでは気になってしかたがない。

あの男は、一体何者なのだろう。

尚吾が「あの」と声を掛けると、返事の代わりにくしゃみが返ってきた。

「あの人、一体なんだったんですか?」

尚吾の質問に、浴室内の音がぴたりと止む。一瞬、どこかへ消えてしまったのかと疑うほど、忽然《こつぜん》と千浩の気配が失せてしまった。まさか本当に浴室から消失したのではと本気で疑いはじめた頃、ようやく「なにが?」という上擦った千浩の声が聞こえてきた。

「あの人って、誰のこと? なにかあったっけ?」

「誰のことって……、この間店に来たでしょう。ヒサカワっていう人のことです」

「あ、……ああ! 久川さんね! うん! そういえば、来てたよね、うんうん」

すっかり忘れてたなぁという白々しい答えに、尚吾は思わず扉のほうを振り返った。ここまで嘘がへたな人も珍しい。

「……あれから千浩さん、ちょっと変ですよ。あの人となにかあったんですか？」

「へ？　な、なにかって？」

「いや、だから、それを俺が聞いてるんですけど」

堂々巡りなやりとりに、尚吾はつい眉間に皺をよせる。

苦手な嘘をついてまで隠そうとするなんて、なんだか千浩らしくない。どう訊けば答えてくれるだろうかと考えあぐねていると、バスタオル姿の千浩が浴室から出てきた。

腰と肩に一枚ずつ巻きつけているなんとも珍妙な装いだ。またすぐ風呂に入るので、その時に服を脱ぐのが面倒だと思ったのだろうか。

「あの人はただのお客さんだよ。ほら、あの、……お得意さんだから！　ちょっと話し込んじゃっただけ！　尚吾君が気にすることはないから！」

これでこの話は終わりだというように、千浩は尚吾の横をすり抜けてそそくさとリビングへ向かった。妙ちくりんな格好で冷えた体をさすりながら、またもくしゃみを連発している。

尚吾は少しだけムッとして、千浩が消えたリビングの扉を眺めた。

千浩はなぜ、そこまで久川のことを隠そうとするのだろう。ふたりの間に一体どのような秘密があるのか、――そもそもふたりの関係はなんなのか、それを思うと尚吾の心は壊れたシーソーのように不安定にぐらついてしまう。

しかし考えてみれば、尚吾は初め、千浩と深く関わるつもりはなかったはずだ。たまに忘れそうになってしまうけれど、千浩は母親の元恋人という微妙な関係の人だ。第一、ただの居候である自分に、千浩の私生活にずかずかと踏み込む権利などない。

それなのに、どうしてこうも懸命に訊き出そうとしているのだろうか。

自分のことながら、改めて考えると非常に不可解だ。

「そんな格好じゃ風邪ひきますよ」

胸にいすわった疑問を掻き消すように、尚吾はリビングに戻りながら声を上げた。


二月も終わりに近づき、街には粉雪が舞っている。尚吾は学校が終わると、直接工房に向かった。短時間ではあるが今日もアルバイトが入っているのだ。

店の扉を抜けると、室内の暖かさに寒さでこわばっていた体がふっとゆるんだ。首に巻いたネックウォーマーを外しながら、尚吾はそれとなく辺りを見渡す。

すると突然、肩にバシンと衝撃が走った。

「いてっ！」

「千浩さんなら店にいないぜ？」

反射的に後ろを振り返ると、頬にムニッと人差し指が刺さった。肩の痛みはゴローに叩かれたせいらしい。いつも感じていたのだが、この人のスキンシップ好きはなんとかならないのだろうか。

尚吾は「そんなこと訊いてません」と、ゴローから素っ気なく顔を背けた。

「つか、なんですかその顔。すげぇやらしい顔してますよ」

「えー？　やらしいじゃなくて、男前の間違いだろ？」

顔のつくり云々ではなく、そのだらしない笑い方がいただけないのだ。

これ以上は突っ込むのも面倒でそのまま休憩室に向かおうとするが、先ほどのゴローの発言が気に掛かって、尚吾はつい足を止めた。

久川が現れてすでに二週間が経つが、千浩は今も塞《ふさ》ぎがちだ。そんな千浩がどうしても気に掛かり、尚吾はどこにいてもついその姿を目で追っていた。ゴローにはそれを目敏《めざと》く発見されて、からかわれてばかりだ。今回も間の悪いところを見られてしまった。

今日だってそろそろ帰宅途中の客で賑わい出す時間だというのに、千浩が店を空けるなんて珍しい。

まさか、久川の元に行っているのだろうか。

尚吾は少しだけ迷うが、「あの」とゴローに声を掛けた。

「……千浩さん、どこに行ってるんですか？」

尚吾はできるだけさりげない口調でそう尋ねる。口にこそしないが、やっぱり気になるんじゃんと、ゴローの目が三日月型に細められた。

「なに、千浩さんが心配?」

心の内を見透かされているようでなんとも居心地が悪いが、それでも気懸かりなものはしかたがない。尚吾は開き直ってゴローを見返した。

「気にしちゃ悪いですか? 最近、千浩さんの様子が変だし、一緒に住んでれば心配にもなるでしょう」

「ふーん? でも、お前が一番心配してるのは、千浩さんと久川との関係なんじゃねえの? あいつが来てからだもんな? 千浩さんがおかしくなったのは」

ゴローはニッと相好を崩すと、ようやく肩から手を退けた。

「もしかしたら、人には言えない深〜い関係かもしれないし? それどころか、今だってふたりきりで逢い引きしてるかもしれないしなぁ」

「は? 俺は別に……」

あくまでもふざけた様子のゴローに尚吾が顔をしかめていると、「その辺にしときなさいよ」と、あかりが売り場に顔を出してきた。

ふたりのやりとりが聞こえていたのか、呆れた様子でこちらを見ている。

「千浩さんは地区の集まりがあるから、それに出席してるだけでしょ」

「なんだよ、あかり、ネタ晴らし早すぎ。もちっとこいつで遊びたかったのに」

「あんたって、ほんといい性格してるわよね」

地区の集まりというなんでもないことの真相に、ほっと尚吾の気がゆるんだ。

同じ店にフルタイムで勤めているためか、ふたりはとても気心が知れているようだ。こうした遠慮のない言い合いを耳にすることも多かった。工房がオープンして二年ほど経つが、ふたりはほぼ当初から勤めているらしい。

――このふたりに訊けばなにか教えてもらえないだろうか。

尚吾はそう思い立ち、ふたりの顔を見比べた。

最近ではだいぶ落ち着いたが、久川が来たあの日から、店全体の雰囲気はひどく緊迫したものになっていた。あかりもひどく苛立っていたので、千浩以外のスタッフもなにかしらの事情を把握しているのだろう。

ゴローにまたからかいのネタを提供することになるかもしれないが、それよりも千浩の様子が心配だった。それに、このまま自分だけが蚊帳《かや》の外というのも納得がいかない。

「あの……」

ふたりが同時に尚吾に注目する。

「ふたりは、千浩さんの様子がおかしい理由、なにか知ってるんですか？」

尚吾の質問に、ゴローが珍しく真顔に戻ってちらりとあかりを見やった。あかりは小さく肩を竦《すく》めている。

「やっぱり気になるんです。千浩さん、家でもかなり様子がおかしいし。それなのに必死になってひとりで抱え込もうとしてるのが、よけいに放っておけないっていうか……」

尚吾がそう言うと、ゴローはその顔に、今までとは打って変わってかすかな困惑の色を浮かべた。「お前の気持ちはわかるけど」と、気まずそうに頬を掻く。

「千浩さんが言いたくないってもんを、俺の口から勝手には話せねえよ」

ゴローの口振りから察するに、やはり千浩の事情を知っているようだ。けれどゴローは固く腕組みするだけで、詳しいことを話す気はないらしい。

「どうしても知りたきゃ、千浩さんに訊いてくれ」

そう言うなり、口を閉ざしてしまう。どうやら頼みの綱のゴローは無理そうだ。いかにも軟派な風貌に反して、義理堅い性格なのかもしれない。

「じゃあ、あかりさん……は、教えてくれないよな」

それならと向き直るが、よりによってあかりが千浩の秘密を教えてくれるとは思えない。けれどあかりの反応は予想外のものだった。

「私は教えても構わないけど？」

「本当に？」

ええ、とあかりがうなずく。ゴローが視線で制するが、あかりはふいっと顔を背けた。

それにしても、今まで散々自分を嫌ってきたあかりが一体どういう風の吹きまわしだろうか。

尚吾が訝っていると、そんな心の声が聞こえたかのように、あかりが苦笑を浮かべた。

「なによ、その顔。私が親切だとおかしい？　……まあ、あの店長の子供だし、しかもチーフの家にまで押しかけてるバカだと思って、初めはめちゃくちゃ腹が立ってたけどね。でも、藤ヶ谷君って案外真面目だし、バイトもよく頑張ってるから」

徐々に打ち解けているようには感じていたが、まさかあかりが自分をそう評価しているとは思わなかった。よくも悪くも素直な分、あかりに褒められるとくすぐったい気分になる。

しかし、「少なくとも、店長よりよっぽど役に立ってるしね」と続く言葉に、尚吾は複雑な思いで頬を引きつらせる。

「それに、このことは藤ヶ谷君だって無関係ってわけじゃないのよ。ただ、聞いたら嫌な思いをするかもしれないけど」

「え、それって……」

自分も他人事ではないとは、一体どういう意味だろうか。思いがけない展開に、尚吾は眉をひそめた。しかも嫌な思いだなんて、なんだか剣呑《けんのん》な響きだ。

尚吾がさらに問いを重ねようとすると、「やめとけって」とゴローが割って入ってきた。

「あかり、お前本当にいいのか？　このままこいつに話したりしたら、千浩さんマジでぶちぎれるぜ。へたしたら店から追い出されるかも」

あの温和な千浩がぶちぎれるだなんて想像もつかないが、とにかく穏やかでないことはたしかだ。ゴローの忠告に、あかりが険しい表情で考え込む。

「……やっぱりやめとく」

あかりはそう言うと、「悪いわね」と軽く両手を上げた。

結局肝心なことはなにも聞き出せなかったが、千浩が自分に事情を隠したいと考えていることだけはよくわかった。そして、どうやら自分にも関係があるらしいということも。

それならばなおのこと、なぜ教えてくれないのだろうか。ますます疑問は大きくなる。

やはり千浩に直接確かめるしかないと、尚吾は心を決めた。このままでは靴に入り込んだ石ころのようでどうにもすっきりしない。

あかりが店の時計を見上げ、「ほら」と尚吾を促した。

「早く着替えて準備してきて。もうすぐ時間になっちゃうわよ」

「そうそう、今からまた忙しくなるんだからな」

ゴローにだけは言われたくない気もするけれど、尚吾は黙って休憩室に向かうことにした。


その日の夜、千浩が家に戻ってきたのは日付も変わろうかという頃だった。

普段、八時過ぎには帰宅する千浩が珍しい。

昼から降り続けていた雪は持てる力を振り絞るように勢いを増し、街全体を白く覆い尽くそうとしていた。「ただいま」とコートのままでリビングに入ってきた千浩の肩にも、うっすらと雪が積もっている。

夕方、地区集会から帰ってきた千浩はすぐに仕事に戻り、閉店までいつものように店で働いていた。七時半には閉店作業もすべて終え、用があるからとどこかへ出かけてしまった。

それからこの時間まで、一体どこに行っていたのだろう。

「すごい雪。大丈夫ですか？」

尚吾は思わず千浩のそばに歩みより、肩の雪を手で払ってやった。

フローリングに落ちた雪が溶けて足元を濡らしていくが、そんなことを気にしてはいられなかった。寒さのせいというには、千浩の顔色があまりに悪く、悄然《しょうぜん》としていたからだ。外食にでも行っているのかと思っていたが、この様子ではそれはなさそうだ。

たしかにここしばらく落ち着かず、落ち込んでいる様子ではあったけれど、今日はそれに輪を掛けて沈痛な表情をしている。こんな顔をされては、もう見て見ぬふりなんてできなかった。

なにを抱えているのかはわからないけれど、とても放っておけない。

「千浩さん、なにがあったんですか？　……すごい顔してる」

肩に置いた手に、知らずに力が入る。

しかし千浩はいつものように微笑むだけだった。

「なんでもないよ。ていうか、床が濡れちゃうから、もういいよ。コート、玄関で脱げばいいのに、寒くってついこのまま入ってきちゃった」

千浩は肩に乗った尚吾の手を取り、にこりと目を細める。

その冷え切った指先にぎくりとする。唇まで青くして、無理につくった千浩の笑顔がひどく胸に突き刺さった。痛みは胸から喉へと伝わり、尚吾の体中にツキツキと広がっていく。

やはり、久川のせいなのだろうか。

あの男が現れてから、少しずつ歯車が狂い出した。自分も無関係ではないという男。千浩を追いつめる男だ。それなのに、千浩はなにひとつ話そうとしてくれない。

少しくらい弱音を吐いてくれてもいいのに。

千浩が本心を見せてくれないことが、なぜだか悔しくてたまらなかった。

「どこに行ってたんですか?」

ひんやりとした千浩のてのひらを握り返し、尚吾はそう尋ねる。

ぎくりとしたように、千浩の瞳が揺れた。

「どこって……、ちょっと、えっと、仕事があって。あ、そうだ、連絡もしなくてごめんね」

またいつもの嘘だ。

千浩の言葉にカッと血が上り、尚吾は思わず摑んだその手を引きよせた。コートを着込んだままの千浩の体を、無意識にきつく抱きしめる。

こうして抱くと、厚手の衣服を着込んでもなお、千浩の体は華奢《きゃしゃ》だとよくわかった。背丈も低く、頭がちょうど尚吾の首筋の辺りにきれいに収まる。シンシンと冷えたその体に回した腕に、尚吾はぎゅっと力を込めた。

千浩は驚いているのか、身じろぎひとつしない。

声すら上げず、尚吾の腕の中で大きな瞳を丸くしていた。

「……なんで嘘ばっかりつくんですか？」

口から出た声は掠《かす》れていて、なんだかひどく頼りなかった。

「なんかあったんだろ？　そうやって我慢して笑ってれば、俺がなにも気づかないとでも思ったんですか？　嘘つくのへたなくせに、誤魔化せるって本気で思ってる？」

「尚吾、君？」

抱きすくめられたまま、千浩が途切れがちに尚吾の名前を呼ぶ。

突然抱きしめられ、そのうえ真剣な口調で問いつめられ、千浩の処理能力は容量オーバーに達したのかもしれない。腕の中の千浩は体をこわばらせ、ただ立ち尽くしていた。

「俺はたしかにガキだし、できることなんてないかもしれないけど。……それでも、千浩さんひとりにそんな顔、させたくない」

そう言って、尚吾は千浩の耳元に唇をよせる。

細い体をきつく抱きしめ、自分は千浩に頼ってほしかったのだと初めて気づいた。

これほど近くにいる自分を頼ろうとせず、すべてをひとりで抱え込んでいる姿がなによりつらかった。保護すべき相手としか見てくれない千浩に、腹が立ってたまらなかったのだ。

けれど尚吾の抱えるこの苦しさは、いきなり降ってわいたものではなかった。

千浩の様子がおかしくなってからというもの、ずっと心に根づいていた感情だ。

「しょ、しょうごくん……、痛いっ」

消え入りそうな千浩の声に、尚吾はふと我に返った。

(あれ?)

尚吾は慌てて腕の力をゆるめる。自分はなぜ、こんなに必死になって千浩を抱きしめているのだろうか。

勢いよく千浩の体を引き離すと、真っ赤な顔で瞬《まばた》きをくり返す千浩とばっちり目が合った。

「すみません」と口早に呟き、尚吾は思わず顔を逸らす。

「いきなりどうしたの?　……び、びっくりしちゃった」

千浩は本当に驚いているようで、胸の辺りをてのひらで押さえている。ドキドキと脈打っているのかもしれない。

しかし、いきなりどうしたのかなんてこっちが聞きたかった。

本当に、自分はどうしてしまったのだろう。

「なんか、千浩さんがつらそうで……」

気がついたら抱きしめていたと続けることはさすがにためらわれ、尚吾はそこで言い淀んだ。

抑えがたい衝動が込み上げ、気がつくと千浩を抱きしめていたことは事実だ。二ヶ月以上一緒に暮らしていたから、いつの間にか家族のような大切な存在になっていたのかもしれない。実の家族といえば放浪癖のある母親だけなので、一般の家族像がこれで正しいのかはあまり自信が持てないけれど。

「そっか」とこぼすと、千浩は考え込むように胸の辺りでキュッと手を組んだ。

「……尚吾君も気づいてたんだ。それなら、なにがあったのかって、気にもなるよね」

まさか今の今まで、本気で尚吾が気づいていないとでも思っていたのだろうか。尚吾が自分の異変に気づき、そのせいでこんな突飛な行動に出たと解釈したようだった。

千浩のその認識は正しいはずだ。それなのに、なにかが違うと、尚吾の中で言葉にならないもやもやが暴れていた。だからといって、尚吾にもこの衝動の理由はうまく説明ができない。

伝えたいことがあるはずなのに、それがなんなのかがわからないのだ。

もっと大切なことが、きっとあるはずなのに。

尚吾が釈然としない思いで考え込んでいると、千浩が決心したようにジッとこちらを見上げてきた。

「今まで内緒にしててごめんね」

そこで言葉を区切り、「本当は」と続ける。

「心配させたくなくて黙ってたんだけど……、実は尚吾君にも関係のある話なんだ」

まっすぐ見つめてくる千浩の真剣な様子に、尚吾は息をのんだ。

夕方、あかりが言っていたことと同じだ。千浩は本当に事情を話してくれる気になったらしい。

「落ち着いて聞いてね」と話す千浩の声が、かすかにこわばっていた。

「工房が潰れちゃうかもしれないんだ」

昨夜聞いた千浩の言葉が耳から離れない。

早朝まで降り続けた雪は、薄く路面を埋め尽くしている。まだ時折小雪がちらついているが、生徒達が密集している教室の中は人の熱気でじっとりしていた。

尚吾は教卓に向かい合う一番前の席で、工房のことを考えていた。すぐ目の前では教師が微分法を解いているがまったく頭に入ってこない。

——工房が潰れるかもしれない。

千浩はたしかにそう言っていた。冗談で口にできるようなことではないし、千浩の思いつめた様子からも本当のことなのだと理解できた。

そして、その発端が、やはり久川の来訪なのだということも。

久川は、工房がテナントとして入っているマンションを所有している会社の社員なのだそうだ。今の場所から撤退してほしいという要求のため、店を訪れたという。

突然のことで納得がいくはずもなく、千浩は抗議と相談のために、何度も久川の元を訪ねているようだ。最近留守が多かった理由もようやくわかった。昨日、帰宅が遅かったのも、店のことで久川と会っていたためらしい。

しかし、いくら大家の意向とはいえ、そんなに簡単に店子《たなこ》を追い出せるものなのだろうか。

ごくふつうの学生である尚吾に、賃貸契約に関する法律の知識など持ち合わないが、それでも疑問が頭をもたげた。こんな一方的な立ち退きがまかり通るのだとしたら、世の中はあまりに理不尽だ。

あの店は、千浩のすべてだ。千浩がどれだけの愛情をもってパンを焼いているのかを、尚吾はこの目で見てきたのだ。それなのに、こんな乱暴なことが許されるはずがない。

（……千浩さん、やっぱり笑ってたな）

黒板に広がっていく白い数字を眺めながら、尚吾はぼんやりと千浩の笑顔を思い浮かべた。千浩は店の立ち退き話を打ち明けた後、心配しないでと笑っていた。尚吾に心配を掛けないようにと無理をしているのだろう。必ずなんとかするからと千浩が言う以上、尚吾にはそれを信じることしかできない。まだ学生である自分に出る幕などないのだ。

けれどそのことを思うと、尚吾はたまらない気持ちになった。

結局事情を聞いたところで、自分にはなにもできない。千浩の力になりたいと思ったところで、しょせんは無力なただの子供だ。千浩が人生の岐路ともいえる大きな問題に直面してどれだけ悩もうとも、ただ黙ってその顚末《てんまつ》を見届けることしかできないのだ。

こんがり工房は千浩の店なのだから、千浩がそのために尽力することは当然だ。それを尚吾がここまで歯がゆく感じる必要もないのかもしれない。

もちろん、行方知れずとはいえ母親の店でもあるし、千浩の世話にもなっているので、まったく無関係というわけではないけれど。

しかし尚吾の胸にわだかまる歯がゆさの原因は、そんな建前とは隔絶したところにある気がした。

（なんであの時、抱きしめたりしたんだろう）

尚吾はそう考え、昨日の感覚を思い返した。

ほとんど無意識だった。つらさを押しころして笑う千浩の姿に苦しくなって、思わず手が伸びたのだ。千浩の体はコート越しでも華奢で、なんだかとても頼りなく思えた。自分が守ってやらなきゃと、そんな想いが心の底からふつふつとわき上がってきたのだ。

どうしてなのか、千浩の悲しむ顔は見たくない。

雪に晒《さら》されていた髪の毛や肌は凍るように冷たいのに、しっとりしてとても心地よかった。驚いたように立ち竦む千浩の反応を思うと、今でも胸の奥が切なく縮む。

本当は、あのまま離したくなかった——。

そんなことを考えていると、ふいにポコッと頭部に痛みが走った。

尚吾がハッと我に返ると、呆れた様子の数学教師と目が合った。教師の手には丸めたテキストが握られている。どうやらそれで頭を小突かれたようだ。

「藤ヶ谷、お前なぁ、でかい図体でボケーッとしてんじゃないぞ。一番前の席で、どういう神経してんだ」

「……すいません」

考え事に夢中になっていて、つい上の空になっていた。クスクスと忍び笑いが教室で起こり、さすがに少し気恥ずかしい。

「ほれ、じゃあ前の問題解いてみろ」

なぜか教師は嬉しそうに尚吾にそう言いつける。

心ここにあらずだった尚吾に解けるはずがないと、そう踏んでいるのだろう。この教師のあだ名は、本名である『悦夫《えつお》』をもじった『エス夫』だ。根がどうかは知らないが、言動の端々にそういう底意地の悪いところがある。

尚吾は席を立って黒板に向かうと、かつかつと淀みなくチョークを動かしていった。数学は得意科目だし、この問題なら前回の授業内容で十分解ける。

式と答えを書いて席に戻ると、またしても頭に浮かぶのは千浩の顔だった。

(千浩さん、大丈夫かな……)

「……む、正解」

教師の舌打ちも、悩める尚吾の耳には届かなかった。

今日はアルバイトが休みなので、尚吾は学校帰りに友人の家でたむろしていた。

しかしそろそろ店を閉めて千浩が家に戻る頃なので、それに合わせて帰ることにした。付き合いが悪いと呆れられることもあるが、もともとマイペースなのであまり気にもならない。それになんとなく、家に千浩がいると思えば、その足取りも軽くなった。

本当は工房のことが気になるけれど、自分がじたばたしてもしかたがないことはわかっている。こんな時でも普段どおりの生活を送ることしかできない自分に溜息が出た。

日はとっくに暮れていて、家に続く道も、人通りがすっかりまばらになっている。

この辺りにはマンションが林立していて、今尚吾が住んでいる建物もその中に紛れるようにして建っていた。築年数自体はそれなりに経過している九階建てのマンションだが、昨年塗り直したばかりの外壁は真っ白で、一見すると新築のように見えた。大きな国道沿いにあり、昼も夜も問わずいつも車の走る音が聞こえる。

昨晩降り積もった雪はまだ溶けきっておらず、人々に踏み固められて凍結している箇所がぽつぽつとあった。気を抜くと、うっかり足を取られそうになる。尚吾が注意深く歩いていると、マンションの脇に一台の車が停まっていることに気がついた。

見覚えのある車だ。黒のアウディA８、あれは――。

「藤ヶ谷尚吾さんですよね」

運転席の窓が開き、中から男が顔を出した。久川だ。

思いもよらない久川の来訪に、尚吾は思わずその場で立ち竦む。久川は冷然とした表情でこちらを見つめていた。

「お待ちしておりました」

「……俺を？　千浩さんじゃなくて？」

「少々お伺いしたいことがありまして」と、久川は静かに答える。

久川が自分を訪ねてくる理由など見当もつかない。なんの用だろうかと、尚吾は窺うように見返した。

「美智子さんの行方を教えていただきたいのです」

「――は？」

「向井さんもご存じないようなので。息子さんであるあなたなら、美智子さんの連絡先を把握されていますよね」

一瞬、尚吾は自分の耳を疑う。

なぜ、久川の口から美智子の名前が出るのだろうか。久川の口振りは、体内に内蔵されたレコーダーを再生しているようで、現実味がまるでなかった。店のこと、美智子のこと、そして久川。それらが尚吾の中でうまく嚙み合わない。

「俺も連絡先はわかりません。携帯も置いていったし、それに、いなくなってから一度も連絡がないので」

「まったくわからないのですか？　どこにいるのかも？」

素直にうなずくと、久川の黒目が少し大きくなった。わかりにくいが、驚いているのかもしれない。

「そうですか」と呟き、久川はすぐに尚吾から視線を逸らした。

「それでは、失礼いたします。お手間を取らせて申し訳ありませんでした」

慇懃《いんぎん》な態度だが、もう用はないというような素っ気ない口調だ。

「ちょっと待ってください！」

尚吾は慌てて、全開になっている車の窓に手を掛けた。このまま行かせてたまるかと、車中の久川を睨《にら》みつける。

「あんたは工房の建物を持ってる会社の人なんでしょう？　そのあんたが、なんでわざわざ母さんを捜してるんですか？　しかも、息子の俺にまで会いに来るなんて、どう考えても納得いかない」

ふたたびこちらに顔を向け、久川はまっすぐ尚吾を見返した。

「それは正しくありません。あのマンションは会社の物ではありませんし、それに私も、マンションの所有者の代理として訪れているにすぎませんから」

「……どういうことですか？」

「美智子さんからはなにも？」

聞いていないと尚吾がかぶりを振ると、久川は一瞬考え込むように顎をさする。わずかな沈黙の後、久川が小さく溜息をついた。

「しかたありませんね」

久川は名刺を一枚取り出して尚吾に差し出した。横書きの名刺で、社名には『株式会社イシイ』、その下に『社長室長　久川透《とおる》』とあった。

「あのマンションは、弊社の社長である石井のものです。……と言いましても、私的な所有物件ですが。私は石井の元で秘書のような仕事をしています」

社長室長というどこか堅苦しい響きに、尚吾はなんとなく身構えてしまう。

「そして、現在、向井さんたちが店舗として利用されているスペースは、石井がごく個人的な付き合いで美智子さんに都合しているものなのです」

久川の発言に、ヒュッと尚吾の体が凍りついた。大人の女が、同じく大人の男から個人的に金銭的な援助を受ける。その意味がわからないほど無垢《むく》ではない。

尚吾はおそるおそる口を開く。

「ごく個人的って、まさか……」

「おそらく、ご想像のとおりかと」

つまり、美智子はどこぞの金持ちとも関係を持ちながら、千浩とも付き合っていたということなのだ。

しかも恋人である千浩の店を開くため、美智子がその資金を社長からぶんどったという図式

だ。昼ドラ真っ青な展開に頭がクラクラした。

「ですから石井は、美智子さんと向井さんの関係が本意ではないのです。いくら店の職人とはいえ、おふたりの仲のよさは近所でも有名だったようですから。しかもテナントだけではなく、開店にかかった資金も石井が融通したものです。ですので、美智子さんがいなくなってしまった今、その向井さんが実質的な経営者となった店など残しておきたくはないのでしょう」

「そんな……」

「向井さんは店を残そうと、何度も弊社に足を運んでおられます。イシイグループはリゾート開発や飲食店など手広く扱っておりますので、その傘下に入る形でも構わないから店を続けたいと、そう考えておられるようですよ。――もっとも、今のままでは、その道はありえないでしょうが」

久川の言い分に、尚吾は思わず両手で車の窓を摑んだ。冷え切った窓枠を握りしめ、そのまま久川をきつく見据える。

「どうして？　店はバイトの俺から見ても繁盛してるし、このまま潰すなんて、絶対にもったいない！」

「これは、もともとビジネスとは無関係の話です」

それを言われては元も子もない。尚吾は言葉をつまらせ、ゆっくりと体を退いた。

「千浩さん……、向井さんは、母が他の人と付き合っていたことを知っていたんでしょうか？」

「さあ」と、久川は淡々と口を開く。

「そこまでは存じません。開店にかかる金銭的な交渉、つまり石井との話し合いは美智子さんがすべて行っていましたので、向井さんと直接の面識はないはずですよ」

「それじゃ……」

「ただ、おふたりがどういう話し合いをもって開店を進めていたのかまではわかりかねますが、少なくとも現在はご存じです。そもそも、その前提がなければ、店を引き上げてほしいという話もできませんから」

美智子には他にも男がいた。千浩はそのことを知っている。

久川の言葉を要約すればそういうことだ。尚吾はきつく唇を噛んだ。

それなのに千浩は、尚吾にはなにも言わずに、家から追い出すこともなく、普段どおり接してくれていた。行く先も告げずに出て行った恋人、しかも他に愛人までいた女の子供なのに、憎くはないのだろうか。

それに、昨日千浩が話した内容では、美智子に関する話題は一切出てこなかった。どういうつもりなのかは知らないが、千浩のことなので、きっと尚吾が傷つかないようにという配慮からなのだろう。

どうして美智子は、この優しい人を置いていってしまったのだろう。腹立たしさにどうにかなってしまいそうだ。

「店の明け渡しの期限は一ヶ月です。とは言いましても、先日向井さんにお目にかかった日から数えてですので、実質的には残り半月ほどでしょうか。正確な日付を申し上げるのならば、来月の十六日です」

「残り半月って……」

厳しいタイムリミットに、尚吾は目の前が真っ暗になる。

「せめて、もう少し時間をもらえないんですか？」

「もともと正式な賃貸契約を結んでいるわけではありません。一ヶ月という猶予は、向井さんやスタッフの方の今後を考えての、石井の温情でもあるのですよ。本当は今すぐにでも引き上げていただきたいようですから」

そう宣言されてしまうと、尚吾にはなにも言えなかった。死刑宣告のような非情な言葉に、ただうつむくことしかできない。

温情というからにはせめてもう少し猶予期間を与えてくれてもよさそうなものだ。そもそも、今から移転を考えるとしても、一ヶ月では短すぎるのではないだろうか。それくらい経営者ならばたやすく想像がつくはずだ。

つまり猶予といいながら、これは石井による千浩への悪意に他ならないのだろう。考える時間を与えることでより苦しめようとしているのではと、曲がった見方をしてしまう。

しかし、「ですが」と久川が口を開いた。

「店を存続させる方法が、まったくないわけではないのですよ」

天から下りた蜘蛛《くも》の糸に、尚吾は摑んでいた窓枠をさらにきつく握りしめる。

「どうすればいいんですか！」

尚吾は食い入るように久川の双眸を見据えた。

わずかでも可能性があるのならば、たとえそれが茨《いばら》の道でも進むしかない。久川はそんな尚吾を見上げ、かすかに唇の端を上げた。

初めて見る久川の笑顔は、ひび割れた卵の殻みたいで少しだけ不気味だった。


あんの、くそババア！

尚吾は何度目ともしれない呪詛《じゅそ》の言葉を心の中で吐き捨てる。

美智子への怒りで体が破裂してしまいそうだ。やり場のない腹立たしさを、動かし続ける両脚にぶつけてとにかく走り続ける。

あれから久川と別れてすぐにマンションに戻ったが、千浩は帰っていなかった。おそらくまだ工房にいるのだろう。尚吾は鍵を掛けるのも忘れて廊下に飛び出すと、全速力で通りに出た。部屋で大人しく待つことなどできず、店に向かって走り出したのだ。

マンションから工房までの歩けば三十分ほどの距離を、とてもゆっくり歩いていられない。

たまに凍った路面に足を取られそうになりながら、それでも止まらず、大通りにある歩道橋もすごい勢いで駆け抜けた。

ただひたすら、まっしぐらに店を目指す。

いても立ってもいられないほど、どうしても今、千浩に会いたかった。

工房の閉店時間はとっくに過ぎ、そろそろ片付けも済んで店を出る時間のはずだ。もしかしたら千浩と入れ違いになるかもしれないが、そんなことを考える余裕もなかった。

自分だけならばよかった。

美智子の奔放な性格は物心がついた頃から知っていたし、今さら置いていかれたところで、いつものことだと諦めもついた。けれど、千浩を巻き込んだことだけはどうしても許せなかった。最初はただのお人好しだと思い、千浩の好意につけ込もうと考えていたけれど、今となってはあの時の自分をぶん殴ってやりたいくらいだ。

千浩は優しい。あんなにまっすぐで嘘のつけない人に、尚吾は今まで出会ったことがなかった。その千浩を三年近くも騙し続け、あげくに自分のツケまで払わせようとするなんて。

尚吾は千浩がどれだけ仕事に打ち込んでいるかを知っているし、パンや店への情熱だって間近で見てきた。それなのに、どうして周囲の人たちがそれを易々と奪おうとするのか、尚吾には理解ができなかった。

あの店は千浩の店だ。誰がなんと言おうと、たとえ店舗や資金が他の誰のものであろうと、それでも、工房は千浩の店なのだ。美智子も、久川も、その雇い主だという石井も、千浩を取り巻くすべてに腹が立ってたまらなかった。

それに、千浩自身にもだ。

千浩はどうしてこんな状況に甘んじているのだろうか。連絡も取れない恋人の店を守ろうとするなんてと、激しい苛立ちを覚えた。

尚吾が千浩の立場だったら、自分を裏切った恋人とつくった店なんて捨てて、新しい店を開くだろう。たとえそれが無理でも、別の勤め先を探すはずだ。

千浩が美智子を見限るということは、尚吾とも縁が切れるということだ。尚吾が千浩の家にいる理由は、美智子の子供だということ以外になにもないからだ。

しかし、千浩はそれをしなかった。

自分が馬鹿を見てもいいくらいに、美智子のことが好きなのだろうか。その裏切りを知っても尚吾の面倒を見続けるほど、美智子のことが大切なのだろうか——。

額を流れる汗が目に入り、尚吾はギュッときつく閉じた。

怒りが腹の奥底からわき上がり、徐々に大きくなって勢いを増すばかりだ。

小さな通りの角にあるコインランドリーを曲がると、明かりの消えた工房が視界に入った。

入り口の前に小さな人影がある。街灯の光に照らされて、ぼんやりと暗い夜道に浮かび上がっていた。

見間違えるはずもない。あれは千浩だ。

千浩は施錠を終え、今まさに店を後にしようとしているところだった。他のスタッフは先に帰ったのか、辺りには誰もいない。

千浩の姿を捉えて立ち止まると、ドッと消耗感に襲われた。真冬の刺すような空気の中、尚吾の体を大粒の汗が流れていく。呼吸も荒く、ぜいぜいと胸が弾んだ。

尚吾に気づいたのか、千浩がぱちぱちと数回瞬く。

突然尚吾が走ってきたので驚いているのだろう。肩で息をしながら、尚吾が目指してまっすぐ歩いていくと、目を丸くしている千浩と向かい合った。

そして目が合った瞬間、唐突に理解した。

わかってしまえばなんということもない、単純で絶対的な答えだった。

「好きです」

その答えは簡単に唇を跨《また》いで声になった。ずっと尚吾の中に潜んでいた感情が丸いボールになって、ポン、と体から押し出されるような感覚だ。あまりにも自然に出てきたので、疑問も焦りも感じなかった。

むしろようやく足場が定まったような安心感さえある。千浩のことも、店のことも、美智子のことも、なにひとつ解決していないのに、なんだか無敵になった気さえした。今ならなにも怖くない。

ずっと千浩に感じていた欲情や、時折訪れていた胸の鼓動の理由も、ようやく納得がいった。馬鹿がつくほどパンが好きで、なにごとにもまっすぐな千浩に、いつの間にか恋に落ちていたのだ。

千浩はただぽかんとこちらを見返している。なにを言っているのだろうと、ただ不思議そうにぼうっと立っていた。

「千浩さんのことが好きなんだ」

尚吾は言葉を重ねる。汗を拭うのも忘れてその瞳を見つめると、千浩はハッとしたように半歩後退《あとずさ》った。ようやく尚吾の言葉の意味を理解したのだろう。

その表情にははっきりと戸惑いが浮かんでいる。

千浩が退った分、尚吾は一歩踏み出す。千浩がさらに体を退こうとするが、尚吾はその手を摑んで許さなかった。

「なんで逃げるんですか?」

だって、と、千浩はほとんど泣いているような声を漏らす。

「こ、困る……」

うつむいた千浩の顔は真っ赤で、耳まで焼けついたように染まっていた。どうしていいのかわからないのか、握った手がかすかに震えている。

「美智子ちゃんのこともあるし……」

「あいつは関係ない」

千浩の言葉を、尚吾はきっぱりとそう切り捨てる。

そう、美智子など関係ないのだ。なぜなら今、ここに美智子はいない。いつ帰ってくるかもわからない亡霊のような女に、邪魔されるいわれなどあるはずがないのだ。

「あいつより俺のほうが千浩さんのことを好きだよ。大事にできる。……それに、店がこんな状況になったのも、あいつのせいなんだろ？」

尚吾の発言に、千浩がようやく顔を上げた。

「さっき久川さんに会って、全部聞きました。店が潰れるかもしれないのだって、あいつがいきなりいなくなったからだって。千浩さんになにもかも全部押しつけて、自分は勝手にいなくなるなんて、あいつはいい加減すぎる。それなのに、なんで千浩さんはそんなやつに肩入れするんですか」

思わずきつく千浩の手を握りしめると、痛みが走ったのかその表情が暗く沈んだ。

「全部聞いたって……、どこまで？」

「たぶん、ほんとに全部だと思います。……石井って人のことも」

「そっか」と、千浩が掠れるような声を漏らした。

石井のことは、やはり名前を聞くだけでもショックなのだろう。摑まれているだけだったてのひらに、少しだけ力が入った。千浩もぎゅっとその手を握り返してくる。

「隠しててごめんね。……尚吾君が知ると、ショックを受けるかと思って」

こんな時でも自分のことより尚吾の心配をする千浩に、胸がちくりと痛んだ。どこまでお人好しなんだと、切なさが込み上げてくる。

千浩は尚吾を見返し、懸命に口を動かした。

「でもね、今は石井さんも美智子ちゃんと連絡が取れてないっていうし、ふたりはもう関係がなくなっちゃったはずだよ。だから……」

「だから、なんだよ！」

だから、かつては二股をかけられていても、今は解消されているから構わないと、美智子のことを許していると、そう言いたいのだろうか。

自分だって美智子の連絡先も知らないくせに、どこまでも人のいい千浩に腹が立った。

「今はもう石井と別れてるからって、それでいいんですか？　なんでそうやってあいつを庇《かば》うんだよ……、脳天気すぎる。あいつが千浩さんになにしたか、ちゃんとわかってるんですか？」

「いいんだよ」と、千浩は少し笑った。

「言ったでしょ？　美智子ちゃんは僕の恩人だって」

そう話す千浩の声は揺るぎなく、迷いなど微塵も感じられなかった。

過去に美智子となにがあったのかは知らないが、どうしてそこまで愚直に好きでいられるのだろうか。あんたはあいつに騙されているだけで石井と同じなのだと、喉の辺りまで言葉が迫り上がってきた。けれどさすがにそこまでは言えなくて、尚吾はそれをぐっとのみ込む。

いい加減で他人に迷惑ばかりかけて、息子の尚吾から見れば魅力なんてなにもない人だけど、それでも、千浩はそんな美智子が好きなのだ。

千浩を傷つけたくはない。けれど、千浩が美智子を庇うほど、美智子とつくった店である工房を守ろうとするほど、尚吾の中の黒い靄《もや》は大きく育っていった。

好きだから大切にしたい気持ちと、馬鹿みたいに美智子を好きでいる千浩への苛立ちとがぶつかり合って、尚吾はぐっと唇を噛む。

「いい加減目を覚ましてください。あいつは勝手なやつなんだ。工房だって、……あいつとつくった店なんか、千浩さんがこうまで必死に守る必要なんかない」

千浩が信じられないというように、ぐっとその顔を歪《ゆが》ませる。

「……美智子ちゃんがいない間に、お店をなくすわけにはいかないよ」

「その店のいざこざだって、あいつが勝手に出て行ったから発生したんでしょう？　それに、千浩さんなら、工房じゃなくても他の店でもどこでも働ける。それなら、この店なんか、別にどうなっても……」

「やめて！」

千浩の大きな瞳がぐらりと揺れた。

今にも泣き出しそうな顔で尚吾の双眸をしっかりと捉える。

「そんなこと言わないで。だって、このお店は……」

千浩はそう言いかけ、すぐに口をつぐんだ。少しだけ逡巡する様子を見せるが、なにも言わずにただ尚吾をじっと見つめる。

――だって、このお店は美智子の店だから。

千浩はそう言いたいのだろうか。尚吾の胸がギュッときつく収縮する。果実のもろい部分を抉《えぐ》りとるような、そんな生々しい痛みすら感じた。

それでも、千浩の悲しそうな顔は見たくなくて、尚吾はなにも言えなかった。

今、千浩にこんな顔をさせているのは、自分の不用意な発言のせいだ。発端が美智子の行動であったとしても、それに輪をかけて追いつめてしまったのは自分なのだ。尚吾は思わず、千浩の瞳から視線を逸らした。

いくら嫉妬《しっと》に駆られていたとはいえ、この店がどうなってもいいなんて決して口にしていい言葉ではなかった。本当に、つい口から飛び出しただけで、もちろん本意ではない。千浩がどれだけ工房を大切にしているか、尚吾はよく知っていたのに。

尚吾は心を決め、千浩を改めて見つめ返した。

そして、「わかった」とゆっくり声にする。

「千浩さん、この店は絶対に守ろう」

「……尚吾君？」

「あんたが守りたいなら、俺もそうする。一緒に守ります」

尚吾はひと言ずつ、しっかりとそう言葉にする。千浩に話しながら、自分自身にも言い聞かせているような気分だった。

自分がこれほどまでになにかを大切に思えるなんて知らなかった。千浩に好かれたいための駆け引きではなく、本当に心の底から、千浩の大切なものを一緒に守りたいと、そう願わずにはいられないのだ。

——ふいに、千浩の目からひと粒の涙がこぼれた。

あっと思う間もなく、頬に描かれた筋を辿って涙がぽろぽろと落ちていく。

どこかきょとんとした表情で、涙だけが千浩の目から溢れていた。瞬きもせず、じっと尚吾を見つめている。しゃくり上げもしない。ただ静かに泣いていた。

きれいだ。

きれいすぎて、苦しくなる。

「ありがとう……」

思いがけず掛けられた尚吾の言葉に胸を打たれたのか、千浩はそれだけを口にする。やはり工房を守らなければいけないという重責をひとりで背負い、相当心細かったのだろう。

真っ赤に染まった頬を涙が伝い、千浩の顔はしっとりと濡れていた。そんな顔を隠すことも忘れて落涙する千浩から目を離せなかった。なんだか吸い込まれるようにさえ感じる。……本当に吸い込まれていたのかもしれない。

気がつくと、千浩の顔がすぐ目の前にあった。

なにを思う間もなく、互いの鼻の頭がぶつかり、唇が触れた。

しょっぱい、と思った。涙の味だ。

口の周りを濡らす塩味を舌で舐《な》めとり、そのまま薄く開いた唇に差し込んだ。歯列を割ってその奥に潜んでいた舌をすくう。

そんな自分の行動に我に返ってハッとすると、やはりぽかんとしている千浩と目が合った。

尚吾はようやく、自分が千浩とキスをしていることに思い至る。ここは往来の真ん中で、工房も並んでいる住宅地だ。尚吾は少し焦るが、すぐにどうでもいいかと開き直った。

そんなことよりも、千浩とのキスだ。

ちゅくりと音を立て、扱《しご》くように舌を吸う。千浩の舌はとてもやわらかくて、男も女もキスは変わらないのだと知った。

けれど以前付き合っていた彼女とのそれよりも、千浩とのキスには断然熱が入った。同じキスでも、相手によってこうまで違うものなのかと感動すら覚える。繋いだままの手がぴくんと跳ねるさまが愛しくて、体の中心がひどく熱くなった。

一瞬、千浩を襲った男が殴られたという話を思い出すが、それさえどうでもいい。これで殴られるのならば本望だ。

上顎を舌先でツッと舐め上げると、千浩が全身を震わせた。千浩の瞳に正気が戻る。

……残念。タイムオーバーだ。

「ん、…う……尚吾、君！」

千浩は慌てふためいて尚吾から体を離した。すっかり狼狽《ろうばい》した様子で、涙と唾液で濡れた顔を手の甲で拭いている。

「な、なんで……」

やっと、というふうに、千浩がそう口を動かしていた。

尚吾はどうしたもんかと少し思い悩む。「なんで」と訊かれても、気がついたらキスをしていたので理由なんてないのだ。しいて言うのならば本能だろうか。好きな人にあんなふうに泣きながら見つめられたら、一も二もなく口づけてしまうのが男というものだ。

「ごめん、つい」

「つい⁉」

正直に答えると、千浩は血相を変えて詰めよってきた。

「つい、で、あ、あんな……べ、べべ、べろ…べろを……！」

途中からは「つい」でなかったことは、さすがに伏せておく。ひどく混乱しているのか、真っ赤になったり真っ青になったりしていて、そんな姿もとんでもなくかわいかった。他人事ではないのだが、見ていて本当に飽きない人だ。

思わず尚吾が噴き出すと、千浩にキッと睨まれた。

「全然反省してないでしょ！」

それには、「はい」と素直にうなずく。

「だって、反省するようなことをした覚えはないですから」

悪びれもせずにそう言うと、千浩がぱくぱくと口を開いていた。

「……尚吾君って、意外と強引なんだね」

「そうみたいです」

尚吾自身、自分にこんな性急なところがあるなんて初めて知った。なにごとにも淡泊なほうだったので、我ながら驚いている。

「俺をこのまま家に置くの、怖いですか？」

制服の袖で千浩の濡れた頬を拭いながら、尚吾はそう尋ねた。千浩は一瞬うろたえるが、すぐに頭を横に振る。

「別に怖くなんかないよ。僕だって男だし」

そこには多少の意地もあるのか、千浩は顔を赤くしてうつむいてしまった。千浩の顔から手を離し、尚吾は「千浩さん」とその名前を呼びかける。

「この店、守りましょうね」

まだ赤く濡れた目を、千浩が伏せたままで瞬かせる。

見慣れた赤煉瓦の建物に目を向けると、みるみる闘志がわいてきた。まだ二ヶ月足らずの付き合いだけれど、尚吾にとっても案外大切な存在になっているらしい。

せわしなく鳴るカウベル、小麦色に輝く、焼きたてのパンの匂い。少々癖のある職人たちと営むこんがり工房は、千浩のたったひとつの宝物だ。

「工房をなくしたりなんか、絶対にさせないから」

尚吾は千浩に微笑みかけた。

昨日の事件なんて嘘のように、今朝もこんがり工房は大繁盛だ。

今日は学校が休みのため、尚吾《しょうご》は朝からアルバイトに入っていた。土曜日は隔週で休みなので、店にとっては稼ぎ時だ。

常連客たちがひっきりなしに店を訪れ、陳列棚に並んだパンかごが次々に入れ替わっていく。目が回るとは、まさにこんな忙しさのことを言うのだろう。昨日、久川《ひさかわ》から工房の置かれた状況を聞かされたせいか、それとも千浩《ちひろ》への想いを自覚したせいなのか、尚吾の目にはいつもと変わらないはずの店が一段と輝かしく映る。この多忙さも心地よいほどだ。

最も忙しい朝の時間帯をなんとか無事に捌《さば》ききり、尚吾はほっとひと息つく。

けれど一部の常連客、……正しくは千浩を取り囲む男たちは、店の一角をまだ賑《にぎ》わせていた。新しく焼けたパンを並べる千浩の周りに、どこからわいたのかと疑うほど、多くの男たちが群がっている。

「はい、このパンは三月の限定メニューで……」

客の年代も、ゆりかごから墓場までとでも銘打てそうな幅広さだ。さすがに乳幼児はいないが、手を繋いだ小学生らしき男の子と老爺が揃って千浩に見惚《みと》れている。他にも休日の朝らしいラフな服装の青年や、城の舞踏会にでも行くのかと尋ねたくなるようなクラシックスーツの中年男性もいる。

尚吾はその輪の中に割って入ると、我先にと千浩に話しかけようとする客たちを乱暴に押しのけた。そして千浩の腕をやや強引に引きよせ、庇《かば》うようにしっかり抱きしめる。

千浩の肩越しに客達を睨《にら》みつけると、店内に見えない火花が散った。

「ん？　尚吾君、どうしたの？」

しかし当の千浩はそんなことには気づかず、それどころか不思議そうに首を捻《ひね》っている。

昨日、尚吾が真剣に想いを打ち明けたというのに、千浩の態度は以前と変わらないままだった。今朝、出勤した時などは、普段トウヘンボクと言われる尚吾もさすがに緊張したのだが、千浩の様子があまりにいつもどおりだったので拍子抜けしてしまったほどだ。

今だってこうして密着しているというのに、こののんきさはどうなのだろう。慌てることも、頬を染めることも、暴れることもしない。嫌われて避けられるよりかはずっといいが、男心は複雑だ。

自分に告白されたことなんて、ひと晩眠ってすっかり忘れてしまったのではないだろうか。鈍感な上にぼんやりした千浩なので、さすがに不安になってしまう。

そんな千浩に盛大な溜息をつくと、尚吾はその体を離し、厨房《ちゅうぼう》を指差した。

「オーブンのタイマーが鳴ってましたよ。……こっちは俺が見てますから」

「え、そう？」

「なんで、千浩さんは奥へ」

尚吾は有無を言わさず千浩を厨房へと押しやる。強引な尚吾に戸惑いを見せながらも、千浩は素直に売り場を後にした。

売り場には呻《うめ》くような落胆の声と、愛想笑いを顔に貼りつけた尚吾だけが残る。

「……というわけで、ご用はなんでしょうか？」

客達は不満げな表情を浮かべてばらばらと店内に散っていった。中にはなにも買わずにそのまま店を出る客もいる。やはり狙いは千浩だったのか。これだから気を抜けないと、尚吾は腕を組んで仁王立ちした。

千浩への気持ちを自覚した以上、周囲に群がる悪いムシを見逃すわけにはいかない。俺が千浩さんを守らなければと、胸中で誓いを立てた。

そんなやりとりを見ていたのか、あかりとゴローが店の隅でぽかんとこちらを見ていた。

「なに、あれ。なんか妙な雰囲気じゃない？」

訝《いぶか》しげなあかりに、ゴローが「マジかよ」と渋面をつくる。

「やばいな、あいつもか……」

「や、やばいって、なにが？　ていうか、あいつもかって……、まさか」

「そのまさかだろ」とゴローがうなずくと、あかりがあからさまに頬を引きつらせた。そんなふたりを振り返り、尚吾は冷たい視線を投げかける。

「勝手に人の噂話なんてやめてください」

「でも、ほんとのことだろーが？」

「それはまあ、そうですけど」

尚吾は壁打ちのボールのように、間髪入れずに肯定する。基本的に尚吾は嘘が嫌いだ。それに、この店の中で千浩への好意を誤魔化すことだけはしたくなかった。

「……すっかり素直になっちゃって」

尚吾のあっけらかんとした告白に、ゴローがなぜか複雑そうな表情を浮かべる。あかりはそんなふたりを交互に見つめ、バンダナの上から大げさに頭を抱えた。

「一体どうなってんのよ、この店は！　ふつうの男はいないの⁉」

すっかり憤慨しているあかりを、ゴローが「まあまあ」と宥《なだ》める。しかしそのへらへらした笑顔が火に油だったのか、「なにが、まあまあよ」と、怒りの矛先がゴローに転換していた。

「あんたなんか、その筆頭でしょうが！　大体ね、いつも思ってたんだけど、たまに店まであんたを迎えに来てるあの小太りのおっさんはなんなの⁉　いくらなんでも趣味悪すぎ。それにゴローって呼び方もムカツクのよ！　あんたのフルネームは池源五郎《いけげんごろう》でしょ。虫かっつーのよ」

「てめっ、それ、完全に八つ当たりだろ！　俺の男の趣味なんか、今まったく関係ないし。ていうか、世界中の源五郎さんと、うちの死んだ祖父《じい》さんに謝れ。……つか、それ以前に、お前はもっと年上を敬え！」

「敬うような相手なら、言われなくてもとっくにそうしてるわ」

思わぬ経緯でゴローのフルネームを知ることとなった。亡くなった祖父に謝罪をというからには、名付け親なのだろうか。

言ってやったわとばかりにあかりがふんぞり返っていると、厨房から新しいパンかごを持った千浩が出てきた。

「池君の名前、僕は男らしくっていいと思うけどなぁ」

素知らぬふりで顔を背けるあかりと激昂《げっこう》しているゴローに、千浩はのほほんと微笑《ほほえ》みかける。名前のくだりからしか話を聞いていなかったのか、特におかしな様子はない。

「僕なんてこんな外見で千浩でしょ？　だから、小さい頃から、しょっちゅう女みたいだってからかわれてさ。ちゃんとついてんのかって、友達にいつも下を触られたりしてたんだよね」

――下？

下とは、下半身の下のことだろうか？

あっけらかんとそう話す千浩に、尚吾はその場で固まってしまう。

「それが大人になってもずっと続いたから、僕、一時期は本気で改名を考えてたんだよ。男らしい名前って、やっぱり憧れるよね」

「それ多分、からかわれてたんじゃなくってセクハラじゃないでしょうか？」

あかりの忠告に、千浩がきょとんと首を傾《かし》げる。

「小さい頃から……」

尚吾は呆然《ぼうぜん》と立ち尽くし、誰にともなくそう呟《つぶや》いた。

まさか千浩の魔性フェロモンがそんなに年季の入ったものだったとは。それも子供の頃からずっとだなんてと、目の前が真っ暗になってしまう。

それに加えて、耐えがたい事実にその場で卒倒しそうだった。千浩のソレが幼い時から大勢の男に蹂躙《じゅうりん》されていたのかと思うと、全身から力が抜け、とても立ってなどいられないのだ。嫉妬《しっと》と怒りと哀れみと、とにかく言いようのないどす黒い感情で心の中がぐちゃぐちゃに塗りつぶされていく。

「あのー、千浩さん。こいつ、なんかすげぇ誤解してるっぽいですけど。触られたっつっても、直じゃないんですよね？」

ゴローが呆《あき》れたようにそう言うと、千浩が「えぇ？」と、目を丸くしていた。

「直って、そんなわけないじゃない！　服の上からだよ！　通りすがりにタッチとか、よくやったでしょ？」

「なんだ、服の上か……」

尚吾はほっと胸を撫《な》で下ろす。

「そんなことより」と、あかりがふと真顔に戻ってこちらに顔を向けてきた。射貫くような真剣な目で、ジッと尚吾を見つめる。

「藤ヶ谷《ふじがや》君が今朝言ってたことって本当なの？」

あかりの質問に、場の空気が一瞬で硬度を増す。千浩は少し困ったように顔を伏せ、ゴローはいつもの余裕めいた表情で頬を掻いていた。

「……本当です」

尚吾は小さくうなずく。

尚吾は朝店に出勤するのと同時に、皆に昨日の久川の言葉を伝えていた。

つまり、工房を存続させる条件についてだ。

久川が話していた、店を残す唯一の方法。

それは、美智子《みちこ》の所在を捜し出し、石井《いしい》に引き合わせるというものだった。

石井は美智子が姿を消したのでこの店をなくそうとしているのだ。美智子さえ出てくれば、工房を残す道も開けるだろう。もちろん、その話し合い次第なので確実ではないが、それでも他に選択肢などなかった。

それを知った時の千浩は、どうしたらいいのかわからないというように呆然とし、あかりは美智子に店が引っ掻き回されることが我慢ならないのか怒り狂い、ゴローは「さすが店長だなぁ」と妙に感心した様子だった。けれど開店を控えた朝にその方針を話し合う余裕はなく、とりあえず今後のことは持ち越しとなっていた。

示し合わせたように四人同時に溜息をつくと、「でもまぁ」と千浩が口を開いた。

「ひとつでもお店を残す手段が残っててよかったよね。時間はないけど、なんにも手がないよりはマシだもん」

問題の当事者の息子としては肩身が狭いが、千浩の朗らかな物言いにずいぶん救われる。他のふたりも、気がゆるんだように苦笑いを浮かべていた。

「しっかしまぁ、店長を捜せとはな。とんでもない難問を突きつけられたもんだ」

方法がないよりはいいけれど、前途多難であることに間違いはない。ゴローの言うことはもっともだった。美智子の居場所を捜せと簡単に言うけれど、手がかりなどひとつもない状況なのだ。

千浩が溜息まじりに視線を落とす。

「はっきり言って、ツチノコを探せっていってるようなものだもんね」

「ツチノコってなんですか?」

尚吾がそう尋ねると、「私も知らない」とあかりが首を傾げた。

「ノコっていうくらいだし、きのこの一種かしら?」

そんなふたりに、千浩が大きく目を見開く。ふたりの発言になぜだかショックを受けているようだった。

「今の若い子って、ツチノコ知らないんだ……」

「俺、知ってますよ」

ゴローが半笑いのまま手を上げると、千浩はますます悲しそうな顔をした。

未確認動物うんぬんはさておき、問題は美智子の捜索だ。

捜索活動はその日の仕事が終わってからさっそく開始された。

「へぇえ、立派なホームページだねぇ」

千浩はリビングのローテーブルにノートパソコンを広げ、黒縁眼鏡を掛けて、とあるサイトを覗《のぞ》いていた。年季もののどてらを羽織ってこたつに入り、後ろのソファに背中を預けている。

千浩はテレビやパソコンを見る時だけ、いつも眼鏡を掛けている。ひどく垢抜けないおもちゃのような安物で、それにどてらという組み合わせとなると野暮ったさこの上ないが、そんな姿も尚吾の目にはかわいく映るのだから、愛というのは偉大だ。

千浩が見ているサイトは、美智子を捜すために作成した特設ページだった。

パソコンに詳しい友人がいたので、尚吾が頼み込んで組んでもらったのだ。訳知りの友人は協力的で、すぐに作業に取りかかってくれた。言われたとおりの情報と美智子のデジカメ画像を送ると、ものの一時間で「開設した」という連絡が来て感激した。

美智子の顔写真と名前、この人を捜しているという旨の文章、それに連絡用のメールアドレスというシンプルなものだが、それでもパソコンに疎《うと》い千浩たちは非常に助かった。

他にも、尋ね人専用のサイトに情報を登録したり、配布用のフライヤーを作成したりと、美智子の捜索はにわかに動き出している。フライヤーも配るだけではなく、明日、工房に貼るつもりだ。店のイメージダウンに繋がるのではという危惧《きぐ》もあるが、タイムリミットはすぐそこなので背に腹は替えられない。

警察にも捜索願いを出そうとしたが、成人が自分の意思でいなくなった場合は捜索できないとあっさり断られてしまった。一応リストに付け加えておきますけど、といかにもおざなりな対応をされてしまったので、国家権力には頼れそうにもない。かといって、私的に探偵を雇うような余裕もありはしない。

そんな背景もあり、自力で美智子の捜索をするしかなかった。

やるならば徹底的に、絶対に見つけてみせる。尚吾は燃えていた。当然ながら店のためではあるが、それ以前に完璧主義者なのである。

尚吾は千浩の隣に腰を下ろし、横からパソコンを覗き込んだ。

「あいつの友達とか、とにかく思いつく限りいろんな人に尋ねてみますね」

「うん、お願い」

美智子の友人の顔を数人、頭に思い浮かべる。他にも、今は交流のない親戚にも念のため連絡を取ってみようと考えた。少しも情報がない今、なんだってやってみて損はないはずだ。

頭の中で尚吾がこれからの計画を立てていると、パソコンのディスプレイを眺めて沈吟《ちんぎん》している千浩に気づいた。画面上とはいえ、美智子の顔を久しぶりに目にして思うことがあるのだろう。その瞳の色がかすかに沈んでいる。

千浩にとって、この数ヶ月は大変な時期だったはずだ。

恋人の美智子が消えて、代わりに息子の尚吾を引き取ることになった。そして突然訪れた工房閉店の危機。さらにとどめは、すでに終わったこととはいえ、恋人の不義だ。ここまで来ると不運の叩き売りとしか言いようがない。

そして、そのすべてが美智子によってもたらされたものだというのに、千浩は一向に怒っているふうではなかった。それどころか、画面に映る美智子を見つめるその表情から、今なお憧《どう》憬《けい》を抱いていることが見てとれる。

なぜ、千浩はそこまで美智子を想い続けていられるのだろうか。

もちろん美智子にまったく魅力がないとは言わない。いい加減な人ではあるが、変なところで情の厚い人なのだ。

時折思い出したように尚吾の好きな手製のハンバーグを作ったり、子供の頃はテーマパークや近所の祭に連れて行ってくれたこともあった。

そういう時、美智子は絶対に恋人を伴うことはなかった。もしかしたら、ただ恋人がいない時期だっただけのことかもしれないが、それでも尚吾にとって特別な記憶だ。奔放な母でも、悪いところばかりではない。複雑な感情は大いにあるが、それだけは否定できなかった。

しかし尚吾には血縁という切っても切れない繋がりがあるが、千浩はある意味では他人だ。それなのにどうしてここまで一途に美智子を想えるのか、不思議でたまらなかった。

それは言葉にならない苛立《いらだ》ちをもって、尚吾の胸をきつく締めつけた。

以前、初詣の際に、千浩が美智子について話していたことを思い出す。落ち込んでいた時期に救ってもらったと、そう言っていた時のことだ。

「あいつと出会ったきっかけってなんなんですか？」

尚吾がそう問いかけると、突然の問いに虚を衝かれたのか、千浩が目を丸くしていた。

「あいつって、美智子ちゃんのこと？」

「初詣の夜、千浩さんが言ってたでしょう。落ち込んでた時に、あいつに救われたって。あんなちゃらんぽらんに救われたなんて、なにがあったのかなって少し不思議で」

「……また、美智子ちゃんのことを悪く言って」

千浩は苦笑を浮かべると、パソコンから尚吾に視線を移した。そして、「三年前になるのかなぁ」と、宙を見上げた。

「美智子ちゃんと出会う前ね、僕は別のパン屋で働いてたんだ。お店自体はここからそう遠くないよ。けっこう老舗で、パン好きには有名なお店なんだ」

「千浩さん、別の店でも働いてたんですか？」

そりゃそうだよ、と千浩が苦笑う。

「なんの経験もなしに、いきなりパン屋は開けないよ。僕は、働く前に専門学校にも通ってたしね。学生の時から、その店で働くのが夢で、卒業と同時に扉を叩いたの。今はもうお年で引退されたんだけど、オーナーがすっごく頑固な職人さんでね。だけどそれに見合うだけの実力がある人だった。大変だったけど、本当に勉強になったなぁ」

千浩の修業時代だなんて、尚吾には想像がつかない。その頃の千浩に会ってみたかったと、なんだか新鮮な気持ちになった。

「そんなオーナーさんだから、ある意味、類友っていうのかな。そこに集まる人たちも、けっこう個性的な人が多くって。その店で修業をして、それから独立を目指すって人が多かったよ。もちろん、僕もそのひとりだったし、……そこでできた親友も、そうだった」

「親友ですか？」

うん、とうなずく千浩の表情が少しだけ暗い。

「年も同じで、ちょうど一緒の時期にお店に入ったのも大きかったかもね。その人とは、切磋《せっさ》琢磨《たくま》って感じで、大体同じステップを踏んでいったから、仲良くなるのに時間はかからなかったな。……だから、自然と、一緒に店を持ちたいねっていう話にもなって」

「一緒に店ですか？　でも……」

今、工房にそれらしき人はいないはずだ。ゴローもあかりも、仲はいいけれど千浩の親友という雰囲気ではない。それになにより年齢が違っている。

「尚吾君が思ってるとおり、一緒にお店は持てなかった。……その辺りはあんまり口にしたくないんだけど……、まあ、いろいろとね。でも、その時には独立のためにふたりとも元の店を辞めてたから、それからがけっこう大変で」

千浩の口調は穏やかだが、相当大変だったはずだ。

「……結局、それからずっと、その人とは音信不通」

千浩の表情がますます陰っていく。

しかし、「だけどね」と続く千浩の声音はとても明るいものだった。

「そんな時に、美智子ちゃんに会ったんだ」

「あいつに?」

「あの時は、もう本当に、自分でもどうしていいのかわからなくて、一日中天神さんでボーッとしたりしてたっけな。仕事も辞めてて、することがなかったからね」

「そういえば、天神さんはお気に入りの場所だって言ってましたね」

あれも年越しの夜のことだ。千浩は小さくうなずく。

「美智子ちゃんに初めて会った日も、僕は天神さんにいたんだ。大鳥居のすぐ横に大きめの石段があるでしょ? あそこでなにもせずに、ただぼけーっと座って。……そんなんだから、周りから見たらすごく妙な雰囲気だったのかもね。『どうしたの?』って、美智子ちゃんが声を掛けてきたんだ」

気やすい性格の美智子らしい。尚吾が苦笑すると、千浩も少し笑った。

「さすがに最初は見ず知らずの人になにも話す気にもなれなくて。『大丈夫です』って答えたんだけど、美智子ちゃんは強引で……。『嘘ばっかり』って言うと、いきなり僕の隣に座っちゃったんだ。手に持ってた袋からクロワッサンとパックのコーヒーを取り出して、食べはじめたの。なにこの人って、僕、唖然《あぜん》としちゃって」

その時のことを思い出しているのか、千浩がおかしそうに肩を揺らした。

面識のない人でも、美智子は臆したり気を遣ったりということをしなかった。妙に人懐っこくて、自然と人の輪に入り込んでいくのだ。図々しいことこの上ないが、それが許される、不思議な雰囲気を持つ人でもあった。

「でもね、そのクロワッサンが……」

千浩がぼんやりと口を動かした。

「知らないお店のものだったんだ。美智子ちゃんが持ってた袋の店名も、見覚えがなくてさ。僕はこの辺りの店なら知り尽くしてるつもりだったから、ちょっと興味がわいたんだよね。……あんな時だったっていうのに、パンのことだと、やっぱり気になっちゃって。だから、ついジーッと見ちゃったんだと思う。美智子ちゃんもそれに気づいて、『食べる?』って、半分分けてくれたんだ。ちょっと迷ったけど、やっぱり好奇心には勝てなくて……」

「結局食べたんですね」

尚吾がそう言うと、千浩が声を上げて笑った。

「そうそう。食べちゃった。ぺろっと。……そしたらねぇ、もう本当にびっくりしちゃって」

「どうしてですか?」

そんなに驚くようなクロワッサンだったのだろうか。尚吾は首を傾げる。

「そのクロワッサン、親友が作ったものと同じ味がしたから」

けれど続く千浩の言葉に、尚吾は言葉を失った。

「外側のサクサクの部分が分厚くて、中の部分を少し重めに焼いてあった。それに、一段ずつの層がすごく細かいんだ。バターもたっぷり使ってあって……って、ごめん、そんなこと今はどうでもいいね。とにかくあれは、友達が作ったパンだった」

「そんな偶然、あるんですか? 似てるパンなんていくらでもありそうだし、ただの気のせいじゃ……」

そうかもね、と千浩が目を細める。

「尚吾君の言うように、気のせいだったのかも。店まで確かめに行ったわけじゃないし、似ている製法だってあるだろうから。……でもたしかに、その時は絶対に、その人のだって確信できたんだ。なんだか運命みたいに感じて、そのパンを運んできた美智子ちゃんを、本物の女神様だって思った」

「あいつは女神様なんて柄じゃないですよ。たまたま、そういうタイミングだったってだけでしょう？　神は神でも、貧乏神がいいとこです」

「貧乏神なんてとんでもない！　それに、連絡も取れなくなった親友がちゃんとお店を開いたんだって思ったら、一気に気持ちが楽になったんだ。もしかしたらオーナーじゃなくてスタッフだったのかもしれないけど、それでも、ちゃんと働いて、今もパンを焼いてるんだって思ったら、本当に嬉しくなった。それをああして伝えてくれた美智子ちゃんは、やっぱり僕にとっては女神様だよ」

千浩はそう言うと、見たことのないような優しい笑顔を浮かべた。

そんなの、タイミングさえ違えば、自分が千浩にそのクロワッサンを運んでいたかもしれないのに。偶然のできごとで千浩の心を手に入れるなんて卑怯《ひきょう》だと、尚吾は美智子の画像を一瞥《いちべつ》した。しかも捉えたまま放さずに、そのまま消えてしまうなんて。

聞くんじゃなかったと、尚吾は深く後悔した。むざむざと千浩の美智子への想いを聞かされたようなものだ。ふたりの繋がりの尊さを見せつけられたようで気分が重くなっていく。

本当に、こんな話、聞くんじゃなかった。

「それからも美智子ちゃんにはたくさん助けてもらったから。……本当に、早く見つかるといいなぁ」

そう呟《つぶや》くと、千浩はパソコンの画像に視線を戻した。なんだか画面の中の美智子に見惚れているみたいで腹が立つ。

「千浩さん」

「ん？　なに……」

名前を呼ばれて振り返った千浩の顎をすくい、尚吾は手早く眼鏡を取って唇を近づけた。

顎から後頭部へと手を滑らせ、そのまま千浩の体をカーペットの上に押し倒す。

驚いているのか無防備な千浩の口内に舌を差し入れ、固まっている舌を絡めとった。くちゅりと、音を立てて舐《な》め上げる。自分よりも小さな体をすっぽりと覆い、強引なキスを続けた。

千浩と美智子の話に腹が立って、思わず千浩に口づけてしまった。

今、千浩の隣にいるのは自分だと、誰にともなく主張したかったのかもしれない。千浩が自分を通してここにいない美智子を見ているのではと、ひどく不安にもなっていた。

我に返ったのか、ふにゃり千浩の舌がやわらかくなる。それと同時に、勢いよく顔を逸らされた。このまま破裂してしまうのではというくらい顔を真っ赤にして、千浩は尚吾をキッと横目で睨みつける。

肩で息をしながら、大きく口を開いた。

「いきなりなにするの！」

「いきなりじゃないでしょ。俺が千浩さんのこと好きって言ったの、もう忘れたんですか？」

「わ、忘れてはない、けど……、でも」

千浩は困ったように視線をさまよわせる。

「俺は本気ですよ。千浩さんが好き。だから、我慢なんてしないし」

ふたたび千浩の唇を奪い、強引に舌を押し入れた。

キスをしながら、千浩の下腹部へと手を伸ばす。ドンドン、と千浩にこぶしで胸を叩かれるが、もう片方の腕でしっかりとその体を支えて放さなかった。まだやわらかな下肢を、服の上から包み込む。すりすりと擦るように触ると、千浩の体がぴくりと揺れた。

ふがふがともがき、千浩はどうにか顔を背けて尚吾のキスから逃れる。

「ちょ、ちょちょちょ、ちょっ！　どこ触って……！」

「なんで？　小さい頃からいろんなやつらに触られてたんでしょう？」

店で聞いた千浩の子供の頃の思い出話を持ち出し、尚吾はそう揶揄《やゆ》する。

「そ、それと尚吾君のとは、違うっ」

「違わないよ」

そいつらだって、絶対に俺と同じ目で見てた。尚吾は内心でそうこぼし、スウェットの上から千浩の性器を揉みしだいた。やわらかなそこをキュッと擦り上げる。

「わー、だめ、だめだめ、だめ……だっ、てばっ！」

千浩がひっくり返ったような声を上げた。

その瞬間、すごい衝撃が尚吾の腹を襲う。

「――っぐ！」

気がつくと、尚吾は床の上に蛙《かえる》のように仰向けになっていた。

どうやら、千浩に蹴り飛ばされたようだ。そういえば千浩が怪力怪人だということをすこんと忘れていた。蹴られた腹を両手で押さえ、尚吾はその場で悶絶《もんぜつ》する。

千浩は立ち上がり、ひっくり返って苦しむ尚吾を見下ろした。

「今はこんなことしてる場合じゃないでしょう！」

「……じゃあ、いつならいいんですか？」

尚吾の言葉に、千浩の全身がみるみる赤くなっていく。

「いつなら、じゃなくて、ずうううううっと、だめ！」

千浩はそう言い残し、耳まで真っ赤にしてプリプリと自室に戻ってしまった。バンッと扉を閉める激しい音がリビングに響く。

すっかり千浩を怒らせてしまった。工房存続の問題のみならず、こちらの道も険しいようだ。

「ぜんぜん見つからないわね」

閉店後の店で陳列棚を拭きながら、あかりがそう肩を落とす。尚吾は床を擦る手を止め、モップを片手に目を向けた。

美智子の捜索を始めてからちょうど一週間。

明日は日曜日で、その一週間後はついに立ち退きの日だ。皆が考えつく限りの方法で美智子を捜しているが、まだ尻尾すら摑《つか》めていない状況だった。

尚吾はレジスペースに置かれたフライヤーを一枚手に取る。そこには美智子の顔写真と、捜索のために必要な情報が載っていた。客にも持ち帰ってもらえるように、大量に印刷して置いているのだ。写真の中でのんきそうに笑う美智子に、尚吾は深く溜息を落とす。

ゴローも窓のロールスクリーンを下ろし終えると、お手上げだというふうに肩を竦《すく》めた。

「まさか、店長、海外にでもトンズラしたんじゃねえだろうな」

「ありえるわ。あんなにチラシを配ったのに、手がかりひとつないんだもの」

「お前、すごい勢いでビラ撒《ま》いてたもんな。たしか、勝手に駅前で配って、警察に注意されたんだっけ？」

路上でのチラシ配布にはあらかじめの許可申請が必要らしいのだが、あかりはなにも知らずに配り歩き、注意を受けてしまったようだ。事情が事情だということで大事にはされなかったようだが、もう少しで罰金を科せられるところだったという。

ゴローが苦笑すると、あかりは見たこともないほど晴れやかな笑みを満面に浮かべていた。

「だって、私なら近所にあーんなチラシを配られるなんて、こっぱずかしくて生きていけないもの。ほんっと、いい気味だわ!」

わかっていたことだが、あかりは心底美智子のことが嫌いなようだ。いい腹いせを見つけたとでも思っていたのだろう。精力的にフライヤーを配っていた理由をようやく知る。ここまでくるといっそ清々しかった。

「んで、お前のほうはどうよ。店長の知り合いとか、なにか言ってこないのか?」

ゴローにそう尋ねられ、尚吾は小さくかぶりを振った。

「ぜんぜんですね。あいつの友達にも片っ端から電話してみたけど、なにも知らないって」

三人で顔を見合わせて肩を落としていると、厨房から千浩がひょっこりと現れた。

「みんな、暗くなっちゃだめだよ!」

気弱になっている三人に、千浩が仁王立ちで活を入れる。

「捜しはじめてまだ一週間なんだから。そんなにすぐには見つからないよ」

「そんなこと言っても、残りも一週間しかないんですよ」

溜息まじりのゴローに、「それでもっ」と千浩がこぶしを握った。

「しかじゃなくて、一週間もあるんだから。きっと、打開策はあるはずだよ」

「そうですね」と、あかりがしごく真剣な表情で答える。

「チーフの言うとおりだわ。期日までの一週間、とにかく四人で捜索を続けましょう！」

全員でめらめらと闘志を燃やす中、ふいに尚吾が顔をしかめた。

「……そういや俺、明日からバイト休みでした」

「はぁ!? あんた、この大変な時に、なにのんきなこと言ってんの？」

眉間に深い皺を刻むあかりの隣で、ゴローが宙を見上げて壁に背を預ける。

「そういやお前、来週からテストなんだっけ？」

「むしろ、俺はバイトに出たいんですけど、千浩さんが……」

「絶対にだめだからね！」

千浩が腰に手を当てたままそう声を荒らげる。

「うちのバイトのせいで尚吾君の成績が下がったりしたら大変だもん」

なるほどなと、ゴローが苦笑しながら腕を組んだ。保護者役を買って出ている千浩は、尚吾の成績に本人以上に敏感になっているのだ。こんな時でも、そこだけは譲れないらしい。

とはいえ、店が危機に瀕しているというのに、おとなしくテスト勉強に勤《いそ》しめるはずがない。

うっかり千浩にテスト期間だと伝えてしまったことを、尚吾は激しく後悔していた。店の責任者である千浩が納得しなければ、一アルバイト店員は黙って休むしかないのだ。

しかし、店に出られないからこそできることもあるかもしれない。尚吾はそう考え直し、こっそりと美智子捜索の計画を練った。

「つってもなぁ、テスト期間が空けたら、そのバイト先がなくなってるかもしれないのに……って、いでっ」

「笑えない冗談言わないで」

へらへらとしたゴローの耳を、あかりがギュッと引っ張ったその時、ふいに入り口のカウベルが鳴った。

すでに今日の営業は終了している。時間外の来客に、四人が一斉に扉に注目した。

「すみません、今日はもう閉店で――」

千浩は笑顔でそう言いかけるが、そこにいる人物を捉えると、途中で言葉が途切れた。

「閉店後に恐れ入ります。少し、よろしいでしょうか」

閉店後の闖入者《ちんにゅうしゃ》が、あいかわらずしかつめらしく頭を下げる。

「久川さん……」

千浩がそう呼びかけるが、久川はにこりともせずに見返すだけだった。

「わかりました、では、外に……」

久川をそう促す千浩の腕を摑み、尚吾はかぶりを振る。

「ここまできたら、俺たちだって無関係じゃないでしょう」

尚吾の言葉に賛同するように、ゴローとあかりも無言で千浩を見つめていた。

千浩は少し迷いをみせるが、すぐにこくんと了解した。

「じゃあ、ここで。……久川さんもいいですか？」

「私は構いません」と久川はあっさり答える。

「今日は移転の進捗《しんちょく》状況を伺いに来たのです。立ち退きまで残りわずかですが、なにも準備が進んでいないようですので、どのような計画なのかと」

強引に話を進めておいて、なにが移転だ。尚吾は内心で歯噛みする。

「……移転はしません。それまでに美智子さんを見つけて、そちらとの交渉をお願いする計画ですから」

千浩ははっきりとそう告げた。

「なるほど」と、久川が短く答える。

「つまり、なにも計画はないと、そういうことですね」

一も二もなく切り捨てるような久川の発言に、千浩の顔色が瞬時に青くなる。

「違います！　ちゃんと美智子さんを見つけられるよう、こちらでもみんなで手を尽くしています。……それに、彼女が見つかれば店の存続はあると、そう言ったのは久川さんなんでしょう？」

「たしかに、私がそう申し上げました。ですが、実際に美智子さんが見つかる可能性はどのくらいあるのですか？　一年、二年かけて捜し出すのとはわけが違うのですよ。空理空論の計画など、初めからないも同じです。あと一週間で、あなたたちになにができるのです」

　情け容赦ない久川の質問に、千浩が口ごもる。そんな千浩から視線を逸らし、久川はゴローたちに冷淡な眼差しを向けた。

「それに、あなた方も早く身の振り方を考えるべきでは？　失礼ですが、この状況でそうのんきに構えていられる余裕があるようには思えませんが」

　久川は微塵も失礼だとは感じていない口調で、滔々《とうとう》と述べる。さすがにカチンと来たのか、ゴローが腕を組んだまま壁から背中を離した。

「あのさ」と、挑戦的な表情で久川を見据える。

「こんなこと言いたかねえけど、こんな強引なやり方でいいのか？　脛《すね》に傷を持ってんのはそっちだと思うんだけど」

「脛に傷、ですか？」

　久川も静かにゴローを見返した。

「早く出てけってそっちは簡単に言ってくれるけど、それがどんだけ大変なことか、あんたも勤め人ならわかるだろ？　それでもし、あんたらの言い分をこっちが受け入れなかったらどうなるんだ？　訴訟でも起こすか？　……そんなことをして、痛い目を見るのはあんたたちだと思うけどな。社長さんが女絡みで騒動を起こすなんて、印象がなんぼのサービス業では、あんま、いただけないんじゃねえの？」

「脅迫ですか？　……なるほど」

「ちょっと、池君……」

千浩が慌ててふたりの間に入るが、ゴローは久川を睨んだまま動かなかった。

穏便とは言えない久川の言葉を、ゴローは否定も肯定もしない。ここが正念場なのだ。ゴローも一歩も引く気はなさそうだ。

そんなゴローを冷ややかに見つめると、久川はゆっくり口を開いた。

「そうですね、あなたの仰るとおり、石井には『傷』がある。それがおおっぴらになるのはこちらとしても歓迎できません。特に新聞沙汰なんて、御免被《こおむ》ります」

「だったら、ちょっとくらい融通を利かせてくれてもいいだろーが」

「しかし」と久川はぴしゃりと言い捨てる。

「それとこれとは話が別です。第一、大事になって困るのはそちらも同じことでしょう？　この店の店長である美智子さんは、この問題の当事者だ。特に小さな個人経営店の場合、そのダメージは計り知れないのでは？　それに持ちこたえられるほどの余力があるようには見受けられませんが」

「それに」と笑って、今度は尚吾に目をくれた。

卵のひびが、今日はさらに鋭く深い。

「あなたは美智子さんの息子さんですね。親の不名誉というのは、本人の好悪に関わらず一生つきまとうものです。……それでも、あなたがたは大事にしたいと？」

「やめてください！」

千浩が今にも泣きそうな顔で口を開いた。

「……訴訟なんて、そんなことには絶対させません」

こぶしを震わせてそう宣言する千浩に、久川が満足そうにうなずく。その勝ち誇った様子に、ゴローはむっつりと押し黙った。

「どうやら、こちらに分があるようですね」

「……ちょっと待てよ」

膠着《こうちゃく》しつつある空気の中、口を開いたのは尚吾だった。

「とにかく、母さんを捜し出せばいいんだろ？　あんたがそう言ったんだ。今さらダメなんて言わせない」

尚吾が久川を睨みつけると、「もちろんです」とうなずいた。

「石井もそれを望んでいます。美智子さんに連絡が取れれば、この状況を打破できる可能性は大いにあるでしょう」

「じゃあ、とっとと帰ってください。あいつなら必ず捜して、その石井とやらにノシつけてくれてやるから。……だから、それまで大人しく待ってろよ」

一方的で居丈高な久川に我慢ができず、尚吾はそう吐き捨てる。

久川は尚吾の元に歩みより、その手からフライヤーを抜き取った。さっと一瞥し、小さく溜息をつく。

「こんなもので本当に美智子さんが見つかるとでも？」

「それだけじゃないわよ！　他にも、ホームページだって作ってるし、聞き込みだってしてるんだから」

小馬鹿にしたような久川の物言いに、あかりが嚙みつく。しかしあかりの訴えなど風が頰を撫でたようなものなのか、久川は淡々とした表情のままだった。

「ホームページにフライヤー、それに素人の聞き込みですか。探偵ごっこも結構ですが、もっと現実的な、他の手段を検討されてはいかがです？」

そして、ちらりと千浩を見やる。

久川と目が合うと、千浩はハッとしたように固まってしまった。

「……そんな手段がありゃ、とっくに手を打ってるよ」

ゴローが苦々しげにそう言うと、久川は無言で肩を竦めた。

「まあ、結構です。とにかく、テナントの明け渡しは来週です。中の機材などもすべて撤去していただかなくては困りますから。――向井《むかい》さん」

久川がゾッとするような酷薄な響きを持って千浩を呼ぶ。

「どうか、一日も早いご決断を」

そう言い残すと、やたらと重苦しい空気を置いて、久川はすぐに店を出て行った。

すると突然、あかりが踵《きびす》を返して厨房に向かい、白い小袋を手にすごい勢いで戻ってきた。

そして店の扉を開け、小袋の中身をすべてぶちまける。白くざらざらとした粒子が店の入り口にこんもりと盛り上がり、その一部が風でさらさらと舞い上がった。

袋の中身はどうやら塩のようだ。空になった袋は透明だった。

「なんなのよ、あいつ！」

塩を大量に撒いてもまだ気が収まらないのか、あかりが腕組みをして憤慨している。

ゴローがその塩を見て、「あああっ！」と悲鳴を上げた。両手を頬に当て、ムンクの叫び状態だ。

「このアホ！　お前、それ、ゲランドだろ！　よりによってそんなたっかい塩を……」

「うっさいわね！　厄払いをケチってどうするのよっ」

この状況で喧々囂々《けんけんごうごう》とやり合うふたりから、尚吾は呆れて目を逸らした。

ついに退路は断たれてしまった。やはりどうあっても、残りの一週間で美智子を捜し出すしか道がないことがはっきりした。尚吾は焦燥から深く息を落とす。

店に響く喧噪《けんそう》の中、千浩はひとり黙ってうつむいていた。

それから千浩はひと言も発さず、それは家に帰り着いても同じだった。

リビングで尋ね人のサイトをチェックしながら、尚吾はちらりと千浩を見やる。千浩はソファに座って、ぼんやりと窓の外を眺めていた。窓からは国道を流れる車や辺りに建てられたマンションの明かりが見えるだけで、変わったものなどなにもない。今夜は雲が厚く、星はおろか月さえ見えなかった。

千浩は深くふさぎ込んだままだ。なにを思っているのだろう。

店からの帰りに暗い帰路を一緒に歩いていた時もこの調子で、曲がるべき道も直進したりと思案に耽《ふけ》っているようだった。千浩の落ち込みようが痛々しくて、隣で見ている尚吾は気が気ではない。

たしかに、久川の言葉は厳しいものだった。運任せともいえるこちらの計画の穴を執拗に突き、直面する問題を無情に述べていた。

けれど千浩のこの沈みようは、さすがにおかしい気がする。

あと一週間もあると言って、尚吾たちを元気づけていたのは他ならぬ千浩だ。久川に冷たくあしらわれることも、これが初めてというわけではないはずだ。それなのになぜ今日に限って、ここまで悄然《しょうぜん》としてしまうのだろうか。

尚吾は結局なんの情報も得られなかったパソコンを閉じると、上の空の千浩に声を掛けた。

「なにか飲みません？　コーヒー淹《い》れるけど」

しかし尚吾の声にも、千浩はまったく反応しなかった。

窓の向こうで、車の走行音がひっきりなしに近づいてはあっという間に消えていく。部屋にはそれ以外の音が一切なく、なんだかひどく寒々しい気分になった。

ぼんやりとソファに座る千浩は魂を抜き取られた人形みたいで、痛々しくてとても見ていられない。

「千浩さん！」

ふたたび大きな声で名前を呼ぶと、ようやく千浩がこちらを振り向いた。

「……なに？　呼んだ？」

千浩がかすかに微笑む。

その笑顔に、尚吾はまたなのかとひどく息苦しさを覚えた。こんな時まで笑わなくてもいいのに。まったく頼ってもらえないことが情けなく、悲しい。

尚吾は千浩の隣に座ると、まっすぐその目を見つめた。

「そんなに心配しなくても、あいつのことならちゃんと見つけるから。……あと一週間もあるって、そう言ったのは千浩さんだろ？　そんなに悲観することないよ」

そうしっかり語り聞かせ、尚吾は千浩の顔を覗き込む。今の自分にできることなんてなにもないけれど、せめて千浩を元気づけたい。

しかし千浩はなにも答えず、すっと膝の上に視線を落とした。

千浩はほんの少し視線をさまよわせると、「あのね」と、決心したように唇を動かした。

「僕、工房を辞めようと思うんだ」

その声はあまりにか細く、遠くで響く走行音みたいでひどく現実味がなかった。壁の向こう側のできごとみたいだ。尚吾は聞き間違いだろうかと、瞬《まばた》きも忘れて食い入るように千浩の横顔を見つめる。

もう一度、「辞めようと思う」と、千浩が呟いた。

「どうしたんです、急に？ そんな冗談、千浩さんには似合わないよ」

尚吾はあえて明るく返すが、千浩の表情は暗いままだった。大きな目を瞬かせ、ゆっくりと顔を上げる。

「冗談なんかじゃないよ。……本当は、少し前から考えてたんだ」

「いや、意味わかんないです。だって、どうしてそんなことになるんですか」

緊迫した千浩の表情と声から、その真剣さは痛いほどに伝わってきた。

どうして千浩が突然そんなことを言い出すのか、尚吾にはまったく理解できなかった。つい数時間前までは、一緒に美智子を見つけて店を残そうと、皆で盛り上がっていたはずだ。それなのになぜ、千浩が辞めるということになるのだろうか。

尚吾が固まっていると、千浩が弱々しく口を開いた。

「以前、久川さんと交渉した時にも、言われてはいたんだ。……僕が辞めるなら、店を残してもいいって」

千浩の発言に、尚吾は言葉を失う。

「工房は、おかげさまで業績がいいからね。雑誌にも出てそれなりに知名度も高いし、お得意様も多いし。これは久川さんから伝え聞いた話だけど、石井さんも、経営者として工房自体に魅力は感じてるみたいなんだ。イシイグループの傘下に加わるなら、このまま残してもいいって、そう考えてはいるみたい」

「でも」と、千浩が睫《まつげ》を伏せた。

「それも僕が辞めればの話。……石井さんは、僕のことが嫌いだから」

先ほど店を訪れた久川が、千浩に「決断しろ」と言っていた意味がわかった。久川は、千浩に工房を辞めろと、そう促していたのだ。

石井たちの描く工房の未来像に、尚吾は目眩《めまい》すら覚えた。怒りで吐き気がする。千浩が築き上げたものをすべて奪おうとしているのだ。

「そんなの、おかしいだろ！」

尚吾は思わずそう叫んでいた。

「大体、千浩さんがいてこその工房だろ？　それなのに、その千浩さんがいなくなったらどうなるんだよ」

「そんなことないよ」

千浩は小さくかぶりを振る。

「たしかに、今は僕が中心になってお店を回してるけど、池君もあかりちゃんも、ふたりとも腕はたしかだもの。それに池君なんて、僕よりずっと経営のことに詳しいし、あかりちゃんだって、お店の飾り付けなんかがすごく上手なんだよ。……だから、僕がいなくなっても、お店はきっと大丈夫」

「でも、それは……」

「あ！　生活のことも、心配しないで！　工房を辞めても、すぐに新しい勤め先を見つけるから。だから尚吾君は、このまま安心してうちに――」

「そんなことどうでもいい！」

こんな時まで他人の心配をする千浩に、尚吾の語気が荒くなる。

「千浩さんが言いたいことはわかります。店を残すために、自分は辞めるってことでしょう。……でも、そんなのへんだ。だって、工房は、千浩さんがつくった店なんだろ？　そりゃ、最初は母さんも一緒だったかもしれないけど、でもやっぱり、あそこは千浩さんの店だ」

尚吾は必死になって千浩の腕を掴んだ。

「千浩さんが工房をどれだけ大事にしてきたのか、俺はよく知ってる。俺だけじゃなくて、店の人たちだってちゃんとわかってる。……それなのに、辞めるって言うんですか？」

「でも、そうしなきゃ、工房が……」

千浩はうつむき、弱々しくそう漏らした。

自分を犠牲にしてまで店を残す理由なんて、一体なにがあると言うのだろう。千浩の気持ちが理解できず、尚吾は頭を抱えて深い溜息をついた。

「……信じられない」

吐き捨てるようにそう言うと、尚吾はソファから立ち上がる。

このまま会話を続けても、話は平行線を辿るだけだ。このままでは苛立ちからひどいことを口走ってしまいそうで怖くなった。

尚吾はそんな不安からこの場を去ろうとするが、去り際に腕を掴まれてそれは叶わなかった。

千浩がその目に涙を浮かべ、縋《すが》るようにこちらを見上げている。

「だって、そうしないと工房がなくなっちゃうんだよ！　他にどうすればいいの？」

あくまでも店の存続だけを願う千浩に、苛立ちがついに頂点に達した。千浩の優しさは美徳だが、ここまでくるとただの頑迷《がんめい》に過ぎない。

「だから、なんでそうなるんだよ！　あと一週間あるんだ。時間がまったくないわけじゃない！　それなのに……なんで千浩さんが諦めるんだよ！」

「僕だって諦めたくない！　……辞めたくないよ！　でも、そんなこと言って、このまま美智子ちゃんが見つからなかったらどうするの？　僕は、……なにを引き替えにしてでも、あの店だけはなくしたくないんだ」

「だから、あんた自身がいないのに！　それで店を続けて、なんの意味があるんだよ！」

出口の見つからない応酬に、尚吾はひどい息苦しさを感じる。違う。こんなことを千浩に言いたいのではない。こんな時だからこそ優しくして、千浩の力になりたいのに――。

けれど、続く千浩の言葉に、尚吾は愕然《がくぜん》とした。

そんな理由でと、目の前が真っ暗になる。

「だって」と、千浩が唇を震わせた。

「約束したんだ、美智子ちゃんと」

尚吾は呆然と千浩の顔を見下ろす。

「帰ってくるまで、ちゃんとお店は守るからって」

千浩はそう言うと、その童顔を歪《ゆが》ませた。

「尚吾君にはわからなくても、僕にはちゃんと意味がある！　尚吾君だって、いつかきっとわかる……。だから、美智子ちゃんが帰ってくるまでは、絶対に潰すわけにはいかないんだ」

喘《あえ》ぐようにそう言いきると、千浩は電池の切れた人形のようにコトンとうなだれてしまった。

尚吾は静かに千浩のつむじを見つめながら、呆然と立ち尽くす。

そんなに美智子が大事なのだろうか。

自分自身を犠牲にしてまで店を守りたいほど、……そんなに。

「……ゴローさんたちにはなんて言うんです」

尚吾はぽつりと尋ねた。

「あの人たちも、俺も、千浩さんが辞めるなんて、そんなの絶対に納得できないですよ」

こんなこと今はどうでもいいはずなのに、なぜだかそんな質問をしていた。怒りや悲しみの後に訪れる空虚さで、妙に冷静な自分がそうさせたのかもしれない。

千浩も尚吾の異変に気づいたのか、そっと顔を上げた。

「どうしたら許してくれるの？」

ひどく頼りない、消え入りそうな表情だった。いつもの明るさが千浩から消え去り、抜け殻のようになっている。

「抱かせてくれたら」

底冷えするような低い声。とても自分の口から出ているとは信じられなかった。どうせ千浩はうなずかないと、尚吾は高を括《くく》って、そう吐き捨てる。

千浩が辞めるなんて、尚吾にはどうあっても納得できないことだった。それが美智子のためだというのならばなおさらだ。

さすがにここまで言えば、千浩も諦めてくれるだろう。たとえそれが無理でも、少なくとも自分から理解を得ることはできないとわかってくれるはずだ。

思ったとおり、千浩は愕然とした様子で尚吾を見つめていた。尚吾の発言が信じられないのか、整った顔をひずませてぐっと涙を堪《こら》えている。

しかし何度か瞬きを繰り返し、千浩は決意したように静かに息を吸った。

「いいよ」

千浩は吐息とともにそう答えた。

思いもよらない千浩の返事に、尚吾のほうが唖然としてしまう。

「それでもいい。それで、本当に許してくれる？」

「……マジで言ってるんですか？」

尚吾がそう問うと、千浩はギュッと唇を引き結んでうなずいた。

千浩はちゃんと意味を理解して、首肯《しゅこう》している。つまり、尚吾に抱かれてもいいと、そう言っているのだ。

そんな千浩に、ふいに腹の底から笑いが込み上げてきた。この人は、本当になんて馬鹿なのだろう。尚吾は堪えきれずに腹を抱えて喉を引きつらせる。

「尚吾君？」

千浩がおそるおそるというふうにこちらを覗き込んできた。

真剣なやりとりの中で、いきなり笑い出した尚吾が不気味なのだろう。尚吾はぴたりと笑うのをやめると、千浩の肩に手を置いた。

そして、その体をソファに押し倒す。

「途中でやめるなんてナシですよ？」

「……そんなこと言わないよ」

恥ずかしそうに視線を逸らす千浩に、尚吾は、ふたたび短い笑いを漏らす。そしておもむろに、千浩に口づけた。逃げられるように、わざとゆっくり、下唇を優しく食《は》んだ。

一瞬その唇がこわばるが、「抱いてもいい」という言葉のとおり、千浩は少しずつその体を弛緩《しかん》させていった。そんな千浩の反応に、またしても言いようのないおかしさが尚吾の体内をむずむずと這う。

美智子との約束のためなら自分に抱かれてもいいなんて、……おかしすぎて泣けてくる。

「口、開いてください」

「え、あ……」

尚吾の言いつけに頬を染め、千浩がうっすらと口を開いた。

「そんなんじゃ舌が入らないですよ。もっと大きく開いて、舌を出して」

しかし尚吾はそう言って指先でその唇をなぞる。千浩はほとんど泣きそうな顔で「あ」の形に唇を開き、舌を差し出した。ひどく緊張しているようだ。ギュッと目を瞑《つぶ》って、ちょん、と出した赤い舌がひどく扇情的だった。

尚吾は濡れたその舌を、自身のそれで少し突く。びくんと震えて引っ込みそうになるそれを、こちらから追いかけたりはしない。叱責するように千浩の名前を呼べば、戸惑いながらも自から差し出してくれるからだ。

互いの舌をぴちょん、と重ね合わせ、それからゆっくりと絡め合わせていった。そのまま口全体を覆うようにキスをして、千浩の口内に押し戻す。

それからのキスは、嵐のような激しさだった。

舌だけではなく歯裏から口蓋《こうがい》まで、余すところなく舐め尽くした。水音を立てながら、奪うような口づけを与える。

「あう…ふ……っ」

キスの合間に漏れ出る嬌声《きょうせい》に、尚吾の体が熱くなった。

尚吾は口づけを続けながら、千浩のロングTシャツにてのひらを差し入れて性急に乳首を摘《つ》まんだ。小さな痼《しこ》りを、慣らすこともせずにきつく捏《こ》ね上げる。

「……っい」

いきなりで痛いのか、千浩の肩がびくりと揺れた。

けれど尚吾はお構いなしに、キスと胸への愛撫《あいぶ》を続ける。こんな平らな胸なのに、そのつるりとした感触にひどく欲情してしまう。滑らかで、一カ所だけプツンとふくれているそれが劣情を煽《あお》った。

そんなふうに感じる自分がひどく浅はかに思えて、尚吾は自分の中の欲望を否定するように口づけをより激しくした。唾液が溢《あふ》れるほどにその舌を弄《もてあそ》びながら、緩急《かんきゅう》をつけて胸の尖《とが》りも弄《いじ》ってやる。

痛みが快感に変わってきたのか、千浩の頬にうっすらと朱が差してきた。絡め合った舌が、時折ひくりと歪《いびつ》に震える。

「はっ、…あう、っ」

漏れ出る声が恥ずかしいのだろう。千浩は懸命にそれをのみ込もうとする。堪えた嬌声が吐息に変わり、ひくひくと喉を震わせていた。尚吾はキスをやめ、唇の覆いをなくしてやる。恥ずかしがっていると知りながら、千浩の声が出やすいようにしたのだ。

啄《ついば》むようなキスを重ねて頬を辿り、千浩の耳朶《じだ》に唇を押し当てた。

「ひゃ、あっ」

思わずといったふうな声に、千浩が慌てて唇を押さえる。そんな千浩の耳元で、尚吾はくすりと笑った。

「我慢しなくていいのに」

「……っ、我慢なんて、してない」

声を堪えていたことに気づかれて羞恥《しゅうち》を感じているのか、千浩がそう声を荒らげた。

尚吾は千浩の胸から手を離し、下肢へと移動させる。細身のチノパンをくつろげて少しずらし、わずかに硬いそこを解放してやった。

「あ、……やっ」

てのひらでそこを包み込み、やんわりと揉みしだく。きゅっきゅっと小刻みに擦ってやると、そこが硬く育っていった。中心に芯が通り、ふるふると震えながら頭をもたげていく。

乾いていたはずの茎の手触りが、いつの間にか湿ったものになっていた。先端がひくつき、そこからぷくぷくと蜜《みつ》をこぼしているのだ。溢れたそれは先のふくらんだ箇所を伝い、それからツッと尚吾の指に落ちてきた。尚吾の指を湿らせながら、薄い茂みまで濡らしていく。

物欲しげに口を開ける鈴口を、尚吾は人差し指で抉《えぐ》った。蜜を堰《せ》き止めるようにその中にぐいぐいと指先を押し込むと、千浩が背中を仰《の》け反らせた。

「や、だ……、尚、吾、くん…、それ、いた、いっ」

はふはふと、短い呼吸を繰り返しながら、千浩がうっすらと目に涙を浮かべる。

千浩は痛いと言っているが、下肢の反応は大きくなるばかりだ。先走りの液は量を増し、角度もピンと張りつめていく。

尚吾は千浩の懇願を聞きながし、そのまま先端を弄びつづけた。溢れ出る蜜をすくうようにちゅくちゅくと指先を浅く出し入れし、他の指で先の張り出した部分を擦ってやる。

そんな責め苦のような愛撫に、千浩の目からついに涙がこぼれた。

「は、や、っう、や、あっ……、あっ、なんか、へん…っ」

逃げ場を探すようにソファの上で悶《もだ》える千浩の耳を、尚吾はカリ、と甘嚙みした。耳朶から中までじっとりと舐め、千浩の耳を唾液で濡らしていく。下肢と同時に与えられる刺激に耐えられないのか、千浩がパッと首を捩《よじ》って逃げてしまった。

勝手に離れた罰とばかりに、尚吾はその耳を追いかけて歯形がつくほど強く噛んだ。

「ひっ……！」

千浩が小さく悲鳴を上げる。

いきなり耳に走った痛みに驚いたのか、千浩の全身が一瞬固まる。けれど絶えず与えられている性器への愛撫に、すぐにその体はとろけていった。性急だが的を射た刺激は強すぎるようで、千浩は今にも達しそうになっている。

てのひらで顔を覆い、呼吸も徐々に浅く短くなっていく。

そんな千浩の痴態《ちたい》にどうしようもなくゾクゾクした。千浩の乱れる様は、何度も夢に見たそれなんて比べものにならない。

けれど千浩が乱れるほど、尚吾の頭には考えたくない事実が浮かび上がった。今まであえて考えないように目を逸らしていたけれど、……付き合っていたということは、この人は美智子と、関係を持ったことがあるのだ。

こんな華奢《きゃしゃ》な感じやすい体で、どうやって女を抱くのだろう。

一度考えてしまうと、嫉妬で頭がくらくらした。しかも千浩にとって尚吾とのこの行為は、美智子のために受け入れている犠牲のひとつに過ぎないのだ。

……こんなことならば、拒絶されたほうがずっとましだった。

「あぁっ、う、…んぅ」

今にも昇りつめようとしているところで、尚吾はぴたりとその手を止める。

突然快楽から放り出され、千浩は切なげに体をわななかせた。そんな千浩に冷笑を浮かべ、尚吾は耳元で囁《ささや》く。

「辞めたいなら勝手に辞めれば？」

「え？」

千浩は荒い呼吸に胸を弾ませたまま、そう訊《き》き返す。

尚吾は体を起こし、ソファに仰向けに寝ている千浩を見下ろした。空っぽで頑なな心を、そのまま言葉に変えて千浩に投げつける。

「……馬鹿にすんなよ。あんたなんか誰が抱くか」

そう言い放ち、尚吾は呆然とする千浩を残して自室に戻った。

部屋に戻るなり、電気も点《つ》けず一直線にベッドに飛び込んだ。まだシンと冷えた布団にくるまり、体をできる限り小さくする。

この重苦しさはなんだろう。黒っぽい靄《もや》が全身にまとわりついて、尚吾をのみ込もうとしていた。いつの間にか靄は、鼻や口、毛穴からじわじわと忍び込んで、尚吾の心臓をギュッと締め上げる。あまりの不快感に吐き気がした。

——千浩に、心の伴わない行為を強要してしまった。

ひどいことを言ってしまった。気持ちがないくせに、美智子のために自分を受け入れようとする千浩が許せなくて、わざと手酷く扱ってしまった。

なんてことをしてしまったのだろうと、ただただ後悔が募る。しかし千浩が美智子のために自分自身を投げ出そうとしている姿に、とても耐えられなかったのだ。大事にしていた仕事のみならず、その体まで放棄しようとするなんて、到底許せることではなかった。

だからといって、千浩への仕打ちが許されるわけもない。

それにこんなことになってもやはり、尚吾は千浩のことが好きだった。

好きで好きで、……好きだからこそ悔しくて、涙が止まらなかった。布団を被って息をひそめ、どれだけ時間が経っても、嗚咽《おえつ》は止まらなかった。

リビングからもしゃくり上げる千浩の気配が伝わってきて、また泣けた。

このまま朝なんてこなければいいと、ただそれだけを願い続けた。

【第7工程】

翌日の日曜日。尚吾の願いとは裏腹に夜は明け、朝から雲ひとつない抜けるような青空が広がっていた。風はまだ冷たいけれど、降り注ぐ日差しはすっかり春めいている。

尚吾は街に出て、美智子捜索のため駅周辺の商店街を歩き回っていた。聞き込みも兼ねて、店舗に何枚かフライヤーを置いてもらえないかと頼み込んでいるのだ。アーケードが枡《ます》の目状に連なった、規模の大きな商店街で、まだ日は低いというのにすでに多くの人で賑わっている。

昨晩あんなことがあっても、尚吾は美智子の捜索を諦めたわけではなかった。

千浩がどういうつもりであろうと、できる限り全員が工房に残れるように力を尽くしたいのだ。それに千浩自身、本当は店に残りたいと願っていることも間違いなかった。

あれから、尚吾は千浩と一度も顔を合わせていない。

尚吾は朝まで部屋に閉じこもっていたし、千浩も同様で、一度もリビングには出てこなかったからだ。

これから一体どうなってしまうのだろう。千浩のことも、店のことも、なにひとつ見通しが立たず心細くなってしまう。

尚吾が力なく溜息をこぼすと、すぐ隣で非難の目を向けるゴローに気がついた。

ゴローも休日返上で、一緒に美智子を捜しているのだ。

「朝からそんな陰気な顔やめてくれよ。……つか、後悔するくらいなら初めからやんな」

ゴローには、大まかにではあるが昨晩のできごとを打ち明けていた。

千浩が退職を考えていること。そして、自分を犠牲にしてでも店を残そうとする千浩がどうしても許せなくて、無理強いをしてしまったこと。そのふたつだ。

今朝の尚吾はよほどひどい顔色だったようで、ゴローが柄にもなく慌てて詰めよってきたのだ。尚吾も自分で思う以上に弱っており、つい相談めいたことをしてしまった。

ゴローは話を最後まで聞いてくれたけれど、すべてを話し終わったとたんに思いきり頭を殴られてしまった。

その威力は凄まじく、ガフンという聞いたことのない音が脳内に響き、しばらく目の前がチカチカ光って視界が晴れなかったほどだ。後頭部はすでにぷっくりと腫《は》れ上がり、今も痛みでジンジンと疼《うず》いている。

それにしてもあかりが同行していなくて命拾いした。もし知られたら、たんこぶひとつでは済まなかっただろう。

「我慢できるくらいならやってないです。……それに、最後まではしてないし」

「最後もくそもあるか。このゴーカンマ！」

強姦じゃない、と心の中で反抗を試みるが、実情はそのようなものだと自分でもわかっていた。自己嫌悪でますます気持ちが萎《しぼ》んでいく。

すっかりしょげ返った尚吾に、ゴローは呆れたように頭を掻いた。

「……まあ、お前の気持ちもわかんなくはないけどな。千浩さんも、けっこう無神経なとこがあるし。でもなぁ、さすがに……」

ゴローは道すがらに店を眺めながらそう呟く。

「お前はさ、千浩さんのトラウマをがっつり突いちゃってんだよ」

「トラウマ?」

ゴローは「そ」と短く答えた。

「千浩さんさ、前働いてた店に、すごく仲のいい人がいて、――ミヤさんっていうんだけど、たしか年も同じだったのかな」

ゴローの話が、以前千浩から聞いた親友のそれと重なる。たしか、その人も千浩と同い年だと言っていたはずだ。

「それって、一緒に店を出そうとしてた人ですか?」

「なんだ、知ってんなら話は早いな」

ゴローは少し驚いたように目を見開いた。

「仕事も同じで趣味も合って、ふたりが仲良くなるのも自然なことだったんだろうな。とにかく、なにするのも一緒ってくらいで、同居までしてたんだぜ。お前が今、世話になってる千浩さんのマンション、あそこだよ」

「……あの家に？」

予想外の展開に、尚吾は思わず手にしたフライヤーを握りしめる。

「男のひとり暮らしにしちゃ部屋数が多いとは思わなかったか？　俺も何度か遊びに行ったことがあるけど、リビングの他にもふたつ部屋があるだろ」

おそらく今尚吾が使用している部屋が、ミヤの個室だったのだろう。初めて引っ越した時に感じた部屋全体のよそよそしさを思い出し、なんとも言いがたい気分になった。ベッドも家具も、元はその親友の物だったに違いない。

しかしなぜゴローがそんなことを知っているのだろう。千浩がミヤと店を構えようとしていた時は、まだ工房はできていなかったはずだ。

「なんでゴローさんが知ってるんですか？」

「俺も以前、同じ店に勤めてたからだよ。千浩さんが工房を開いて少し経って、忙しくなってきたから手伝わないかって誘われてな。それで工房に移ったんだ」

「へえ、そんなことが……」

仲がよさそうだとは感じていたが、そんなに長い付き合いだとは知らなかった。「んなこた、どうでもよくて」と、ゴローが話を続ける。

「そんでまぁ、独立するからっつって、ふたりで店を辞めたまではよかったんだけど、そこで問題が発生したみたいだな」

いったん区切り、ゴローは小さく肩を落とすと、ぽつんと言葉を続けた。

「ミヤさんは千浩さんに惚《ほ》れてたんだよ」

ゴローの言葉に、尚吾の思考が停止する。

その親友が千浩に惚れていたという事実は、しかし当然のことかもしれなかった。千浩はとにかく男を惹《ひ》きつける。ミヤも例外ではなかったのだろう。

尚吾が黙り込んでいると、ゴローは居心地の悪そうな笑みを浮かべた。

「でも、別に俺らは驚かなかった。つか、ミヤさんの態度見てりゃ、そんなのバレバレだったしな。同性愛に寛容とまでは言わないけど、偏見のある職場でもなかったから、実際、あのふたりはそのうち付き合うもんだって認識もあったくらいでさ。とにかくあのふたり、友達っつーにはおかしいくらい、四六時中一緒だったから。……今思えば、ミヤさんがひと時も千浩さんから離れたくなくて、ひっついてたってことなんだろうけど」

ゴローはそう言って肩を竦める。

「だから多分、ミヤさんも千浩さんとうまくいくって自信があったんだろ？　でも、千浩さんは超がつくほど鈍感だから、それにまったく気づいてなかったんだよ。元々人懐っこいし、誰でもウェルカムな人だから、ミヤさんの好意も自然に受け入れてたんだと思う。……つってもそれは、あくまでも友達として、ってことだったんだな」

千浩は誰にでも優しく、親しみやすい性格の持ち主だ。けれど千浩が恋愛感情を抱く相手は本当に大切なひとりだけなのだろう。

そしてその相手に、ミヤはなれなかったのだ。

この話の結末は、聞かなくても予想ができた。

「さあ、これから独立ってタイミングで告白されたわけだけど、千浩さんにとっちゃ青天の霹《へき》靂《れき》だったわけよ。それから、ふたりの間で揉めてたみたいなんだけど、結局ミヤさんは……」

「千浩さんの前から姿を消した」

尚吾がそう言うと、ゴローは小さく両手を上げてみせた。

今では音信不通だと言っていた千浩の寂しそうな横顔を思い出す。パンを作っているだけでも嬉しかったというその言葉の意味が、ようやくわかった。

「しかも、開店資金として貯めてた口座を持って、そのままな。……ショックだったみたいだぜ。すっからかんになったこともそうだけど、それ以上に、自分がミヤさんの居場所も夢も、なにもかも奪っちまったって、そんなふうに感じてたんだろ」

「そんなの、そのミヤって男が勝手にいなくなっただけなのに」

「そりゃそうだ。千浩さんが思いつめるようなことじゃない。けど、本人からすればそうは思えなかったんだろ？　それからの塞《ふさ》ぎようは、本当に見てられなくて」

そんな千浩を救ったのが美智子だというのか。尚吾はそっと唇を噛む。

「だから、千浩さんが工房を開くって話してくれた時は、本気で嬉しかったんだ。やっとミヤさんのことから立ち直ってくれたんだと思ってな。それなのに……」

いきなり、ゴローにびしっと額を人差し指で突かれる。

「いだっ」

「次はお前だ」

ゴローはぎらりと目を光らせると、尚吾の顔をジッと覗き込んできた。

「一緒に住んで、すっかり気も許して、そんで『実は千浩さんのことが好きでした～』って、ミヤさんの時とそっくり同じパターンなんだよ！」

「そんなこと言われても……」

別になにかの企みがあって千浩のことを好きになったわけではない。気がついたら心を奪われていただけなのだ。それはきっと、ミヤも同じことだろう。

「そりゃまあ、しょうがないことだとは、わかってるけどな」

ゴローもそこは理解しているようで、溜息まじりにそうこぼした。

「最初は冗談でからかってただけなんだけどなぁ。全然興味ありませんって顔してたくせに、まさかお前まで千浩さんを好きになるとは……。あの人、一体どうなってんだろうな。体を解剖したら、フェロモン香水とか作れて大儲けできそう」

物騒な物言いに、尚吾はゴローをねめつける。

「冗談でもやめてください。……それに、俺はそんな妙なもんで千浩さんのことを好きになったわけじゃない」

尚吾がきつい口調でそう言うと、ゴローはなぜかにんまりと笑った。

「おーおー、若いっていいなぁ」

そうゴローに頭をぐりぐりと撫で回される。たんこぶの辺りも容赦なく弄られ、尚吾の頭に痛みが走る。

「いだだっ、……ちょっ、やめ……！」

「それはさておき」と、ゴローがぴたりとその手を離した。

「それで、お前はこれからどうするんだ？」

ふいに真顔で見据えられ、尚吾の心臓がどきりと跳ねる。

「今さらどう言ったところで、お前が千浩さんを傷つけたことは変わらない。まさかこのままにしておくつもりじゃねえだろうな」

ゴローの射貫くような視線に、尚吾はこくんとうなずいた。

もちろんこのままでいいなんて思っているはずがない。とても許してもらえるとは思えないが、それでも千浩に昨日のことを謝りたかった。これからのことについても、冷静な状態で改めて話し合いたい。

「当然です。それに、千浩さんが辞めるって話も、まだうやむやになってるままだし」

「千浩さんが辞めるなんて、俺も絶対に納得いかないからな。つか、千浩さんがいなくなるなら、俺も工房は辞める。元々、千浩さんに誘われて移った店なんだし、……しかも、あの胸クソ悪いやつらの下で働くなんて、まっぴらごめんだ」

久川の顔を思い浮かべているのか、ゴローの顔がげんなりと歪む。

「それについても、今夜ちゃんと話してみます」

尚吾が噛みしめるようにそう言うと、ゴローが「頼んだぜ」と、いつもの飄然《ひょうぜん》とした笑顔を見せてくれた。

ふいに、辺りに電子音が鳴り響いた。尚吾の携帯電話の着信音だ。待ち受け画面を確認すると、先日ホームページの作成を依頼した友人の名前が表示されていた。

なにごとだろうかと通話ボタンを押すと、挨拶もそこそこに、友人の慌てふためいた声が耳に飛び込んできた。

「どうしたんだ、一体。……もしかして、ホームページに連絡でもあったか?」

『そうなんだよっ』

よほど興奮しているのか、友人の声がひっくり返る。

『お前の母さんを見たって、情報が入ったんだ』

思わぬ急展開に、尚吾はまさか、と息をのむ。隣にいたゴローにも漏れ聞こえたようで、内容を聞こうとしてか尚吾の携帯電話に自分も耳を近づけてきた。

『っても、サイト経由の情報じゃないんだけどな。うちの姉ちゃんが、飲み屋街にある粋《すい》って店でこの顔を見たって』
尚吾は携帯をきつく握りしめ、友人の声に耳を傾けた。

すっかり日も暮れ、尚吾は商店街巡りを引き上げてマンションに戻った。

リビングには明かりもエアコンもついておらず、千浩の姿は見当たらない。照明を点けて辺りを見回すけれど、室内は整然と片付いたままでリモコンひとつ動かされた様子もなく、この部屋で千浩が過ごした形跡はなかった。外出しているのかとも考えるが、千浩のスリッパが玄関になかったので、おそらく部屋にいるのだろう。

尚吾は深呼吸して気持ちを整え、千浩の部屋に向かった。

よし、と自分に活を入れてから、扉を控えめにノックする。コンコン、と二度叩き、リビングから中の様子を窺った。

「……千浩さん？」

そっと名前を呼ぶがそれに対する返事はなく、かすかな物音が聞こえるだけだ。部屋にはたしかに人の気配がするのに、一向に出てくる様子はない。

顔も見たくないほど怒っているのだろうか。千浩のことなので、腹を立てるよりも落ち込んでいるのかもしれない。昨夜のことを思えば当然だ。

尚吾は少し迷い、心を決めてふたたび扉を叩く。どうしても顔を見て謝りたかったし、もしもこのままの状態が続いたらと思うとおぼつかない気分になり、タイミングを失うことが恐ろしかった。

それに一刻も早く、先ほど入手した美智子の情報を千浩に伝えたかった。

本心を言うと、千浩と美智子を引き合わせるようなことはしたくない。しかし、テナントの問題がある今、そんな悠長なことを言ってはいられなかった。千浩を店に残すためには、美智子の発見が不可欠なのだ。

しかしどれだけ呼んでも返事はなく、このままではらちが明きそうになかった。

尚吾は心を決め、ドアノブに手を掛ける。

「千浩さん、いるんだろ？　……ごめん、ちょっとだけ開けるよ」

尚吾は思いきって扉を開け、中を覗いた。部屋は暗いままで、尚吾の影を切り取ったリビングの照明が室内にすっと細く伸びていく。千浩の部屋は、あいかわらず雑多なものたちで散らかっていた。

その中で、ベッドがこんもりとふくらんでいることに気がついた。千浩は眠っているらしい。起こしては悪いだろうと扉を閉めようとした時、小さく掠《かす》れた声が聞こえてきた。

千浩がケホケホと咳き込んでいる。

まさかと思って部屋に入りベッドに向かうと、千浩は顔を真っ赤にして布団にくるまっていた。心なしか呼吸も浅い。

驚いてその額にてのひらを当てると、焼けつくように熱くてぎくりとした。

「すごい熱……、大丈夫ですか？」

尚吾は千浩の顔をジッと覗き込む。

うっすらと開かれた千浩の目が、とろんと充血していて苦しそうだ。千浩はぼんやりと尚吾を見上げ、「大丈夫」とかすかに笑った。

「ごめんね、返事、してたんだけど……、あんまり大きな声が出せなくて」

今にも消え入りそうな声でそう言って、目を細める。

きっと怒っているに違いないと思っていたのに、千浩は少しもそんな素振りを見せなかった。

昨夜、尚吾にあれほどひどく扱われたというのに、この人はどうして笑っていられるのだろうか。尚吾のほうが胸が苦しくなってしまう。

「……熱があるなら、連絡してくれたらよかったのに。病院はもうこの時間じゃ開いてないけど……、とにかく、薬持ってきます。ちょっと待っててください」

尚吾はリビングに戻り、薬箱を探す。棚という棚を開けてみたけれど、出てきたのは期限の切れた胃薬だけで、風邪薬はおろか冷却ジェルも見つからなかった。代わりに年季の入っていそうな氷嚢《ひょうのう》が出てきたので、氷を入れて準備した。

他にも冷蔵庫にあったリンゴを剝《む》き、ステンレスボトルに移したスポーツドリンクと一緒にトレイに載せて千浩の元に戻った。小さなテーブルをベッドの脇によせてそれらを置くと、千浩が横になったままで申し訳なさそうにこちらを見上げていた。

「わざわざごめんね、尚吾君、明日からテストなのに……」

「こんな時になに言ってるんですか。どうせ、なにも食ってないんでしょう。メシは？　他にもなんかほしいものない？　薬はなかったから、今から行って買ってくるけど」

苦しそうな千浩を見ていられなくて、尚吾はあれこれ捲《まく》したてるように質問を重ねる。そんな尚吾の様子がおかしいのか、千浩がふふっ、と笑った。

「尚吾君、お母さんみたい。……すごいなぁ、やっぱりしっかりしてる」

「せめてお父さんって言ってくれますか？」

尚吾が苦笑しながら氷嚢を渡すと、千浩も笑いながらそれを自分の首元に埋《うず》めた。氷の冷たさが熱で火照《ほて》った体に心地いいのか、千浩がほうっと息を吐く。

美智子の情報を伝えようかと少し迷うが、今はやめることにした。千浩のことなので、へたをしたら熱を押して美智子を捜しに出かけてしまうかもしれないからだ。

とりあえず千浩の体調が落ち着いてからでも問題はないだろうと、尚吾は判断した。その間に自分が美智子を見つけだせばいいだけだ。

「そうだ、リンゴ、食いませんか？」

尚吾は食べやすく切り分けたリンゴを千浩に勧める。

楊枝《ようじ》を刺して手渡そうとすると、千浩が小さくかぶりを振った。

「今はいいや、ありがとね」

果物も喉を通らないくらい症状が重いのだろうか。そんな千浩にまた心配が募る。この熱はきっと、昨夜尚吾が無理をさせてしまったせい。

心苦しさに、膝の上でこぶしを握った。

「ごめん」

尚吾の謝罪に、千浩はぼんやりとした目を向ける。

「いきなり熱が出たの、俺のせいですよね。……昨日、あんなことしたから」

とても千浩の目を見ていられなくて、尚吾は自分のこぶしを睨んでそう呟く。

しかし千浩は、不思議そうにこちらを見つめていた。

「なんで？」

「なんでって、だって……」

「エッチなことをしたから、風邪をひくの？　尚吾君、おかしなこと言うね」

千浩があまりにも平然と答えるので、尚吾のほうが驚いてしまう。

「お店のことがあってピリピリしてたし、疲れが出ちゃっただけでしょ？　それに最近、あちこちで風邪が流行ってるみたいだから」

千浩はなにごともなかったかのように、あっけらかんとそう告げる。

けれど、千浩の疲労に追い打ちを掛けたのは間違いなく昨夜のできごとだ。千浩は尚吾が負い目を感じないようにと、あえて明るくふるまっているのだろうか。

千浩がそう気遣うほどに、尚吾はいたたまれなさで身が竦んでいった。

「なんで千浩さんは怒らないんですか？　……俺はあんたに、許してなんて言えないようなことをしたのに」

「許してもなにも、僕がいいよって言ったんじゃない。どうして、尚吾君がそんなつらそうな顔をするの？」

驚いたことに、千浩は本心からそう話しているようだった。なぜだか粗相を叱られた子犬のような顔をしている。

千浩は首元の氷嚢の位置を変え、二、三回小さく瞬いた。そして「僕も不思議なんだけど」と、ゆっくり唇を動かす。

「どうして、優しくしてくれるの？」

「え？」

「尚吾君のほうこそ、まだ怒ってるんでしょう？　……それなのにどうして？」

――そんなの、好きだからに決まってる。

そう言いかけて、尚吾はぐっとのみ込んだ。千浩が病気で伏せっていれば心配になるし、落ち込んでいれば励ましたくなる。笑ってくれれば嬉しくなる。それはどうしようもなく、尚吾が千浩に惚れているからだ。

しかしゴローから過去の話を聞いてしまった今、その想いを簡単に口にはできなかった。

自分の行動が、かつて千浩を追いつめた親友と同じだと知りながら、それでも強引に迫るなんてできるわけがない。それにまた尚吾が好きだと言えば、千浩は美智子との約束を守るためにその想いを受け入れるだろう。それだけはどうしても耐えられなかった。

「……そりゃ、熱なんか出されたらほっとけないですよ」

尚吾がぽつりと答えると、千浩は納得したのか、「そっか」と頬をゆるませた。

――そう、千浩へのこの気持ちは、自分だけが知っていればいいのだ。もう二度と、千浩を苦しめたくはない。

そろそろ薬を買いに行こうと尚吾が腰を上げると、ふいにシャツの裾を摑まれて立ち上がれなかった。カラカラと、聞き慣れない音がする。千浩の首元から氷嚢が落ち、中の氷がぶつかる音だった。

なにか買ってきてほしいものでもあるのだろうか。尚吾は中腰のまま千浩の顔を見下ろす。

「どうしたんですか?」

「……昨日、なんであんなに怒ってたの?」

まさか千浩のほうからその話題を振ってくるとは思わなかったので、尚吾は内心でたじろいでしまう。

「お願い、聞かせて」

「そんなの……」

尚吾は半端に浮き上がったままの腰を床に下ろした。

それも素直に答えられる質問ではない。どう伝えればいいのかと思いあぐね、尚吾は枕元に転がっている氷嚢を拾い、千浩の額に載せてやった。

「なんか、質問ばっかりですね」

「ほんとだ」

氷嚢の位置を直すふりをして、千浩の頭をそっと撫でる。

あんなことがあったのに、こうしてふつうに話してくれるだけで十分だ。……そう思わなくてはいけない。千浩を守りたいと願ったのは、他でもない自分自身なのだから。

千浩が自身のことを軽んじるなら、その分、自分が大切にしてやればいいのだ。この先ずっと言葉にはできなくても、それも好きの形なのだと、柄にもないことを考えた。

「とにかく、今日はゆっくり眠ってください。続きは元気になってから」

そう千浩に告げると、今度は素直に眠りについた。


月曜日の夕方。タイムリミットまでついに一週間を切った。

尚吾は美智子を目撃したという店、粋を訪ねていた。

昨日は千浩の熱がひどかったので、美智子の捜索は諦めたが、ひと晩が過ぎてだいぶ体調も落ち着いたようだ。まだ完全に熱が下がりきったわけではないが、それでも出勤したがる千浩をなんとか説得し、今日は家で休んでもらった。食べ物を扱う仕事なので、さすがに自重もあるのだろう。

千浩にはまだ美智子のことは伝えていない。

仕事にも行きたがるくらいなので、もしも美智子のことを知ったら、間違いなく捜しに出るだろうと判断したからだ。ゴローたちにも口止めをお願いしてある。

尚吾は学校が終わるといったんマンションに戻り、友人の家で勉強をすると誤魔化して飲み屋街に向かった。粋がある辺りは、尚吾たちが住む街の一角にある、どこかうらびれた感のある界隈だ。街の中心地からは少し離れてまさに場末という雰囲気だが、近くに安いカラオケなどもあるので、尚吾たち学生もよく利用していた。

まさか、こんなに近くにいたなんて。灯台もと暗しとはこのことだ。

今週がテスト期間だったことはある意味幸いだったかもしれない。昼には学校が終わるので、美智子を捜す時間を多く取れる。とはいえ昼過ぎでは、飲み屋である粋はまだ営業していない。

そのため、フライヤー貼りや聞き込みを続けながら開店まで待つことにした。

十七時を過ぎて、尚吾はようやく粋の潜り戸を抜ける。くたびれた場所に似合わず、中は手狭なわりになかなか小洒落ていた。

内装やインテリアは黒と赤でまとめられ、照明も落ち着いておりなんだか大人の雰囲気だ。足元に設置されたほの白い光が、小窓の外にある和風の坪庭を照らしている。坪庭は洗練された一枚の絵画のようで、小さな池を泳ぐ鯉の姿が不思議なほどだった。客席は少なく、数人がけのカウンターと、テーブルが四席しかない。

開店すぐで客はまだ入っていないようだ。客どころか店員の姿さえなく、さすがに心許なくなってしまう。尚吾が「すみません」と声を掛けると、ようやく料理人らしい中年の男性が出てきた。いかにも大将という風情だ。

「いらっしゃい」

無愛想な大将に睨みつけられ、尚吾は思わずその場で立ち竦む。

そこに座れ、という意味なのか、大将はカウンターの一席を顎で指した。こんなに無愛想で客商売が成り立つのかと他人事ながら心配になるが、尚吾は「客じゃないんです」と、折りたたんだフライヤーをリュックのポケットから取り出した。

「実は、この人を捜してるんです。この店で見かけたっていう話を聞いて」

尚吾はフライヤーを広げ、大将に向かって差し出す。カウンター越しに手渡していると、店の奥から着物姿の女性が出てきた。年は美智子と同じくらいだろうか。格好から察するに店の女将なのだろう。派手な美智子とは対照的で、やわらかな雰囲気の、ずい分感じのいい女性だった。

大将は「おい」と女将に声をかけると、フライヤーを渡した。ふたりは夫婦なのだろうか。流れる空気がそう告げている。

「この人を捜してるって、訪ねてきたんだけどよ」

女将は一瞬訝しげに小首を捻るが、尚吾が「母親なんです」と告げると、得心したような、同情したような、なんとも言えない表情を浮かべた。複雑な事情を抱えているとでも思われたのだろう。たしかに、改めて考えてみると自分のことながら十分訳ありだ。

女将は美智子の写真を眺め、「あら」と小さく声を漏らした。

「この人なら、たしか一昨日、うちに来てたわよ」

「一昨日？」

おそらく、友人の姉が見かけたという日のことだろう。たった数日前にこの場所にいたのかと思うとなんとも歯がゆい。

「ええ。常連ってほどでもないけど、たまに来てくれるの。……そうねぇ、来るとしたら金曜か土曜か、週末が多いわね。ごくたまに平日にも来てくれるけど」

「次、いつ頃来そうだとか、わかりますか？」

「それはちょっとわからないわ。……あ、でも、時間帯は決まって遅いわね。いつも十二時は過ぎてるんじゃないかしら。ふらっと来て、一杯だけ飲んで帰ることが多いかな」

「そんなに遅く……」

深夜の時間帯となると、さすがに今日と同じ言い訳では千浩には通用しないだろう。夜中にこっそり抜け出せばいいかと、頭の中でこれからの算段を立てる。

それにしても、美智子はこんな近所で一体なにをしているのだろう。

姿をくらました先が同じ街だというのでは、どうにも腑《ふ》に落ちない。まさか、なにかの事件に巻き込まれて、身を隠さなければいけない事情でもあるのだろうか。テレビドラマじゃあるまいしと思いつつ、さすがに心配になってきた。

「……あの」

「なあに?」

「母がなにをしてるのか、知りませんか?」

尚吾の質問に、女将は申し訳なさそうに首を振った。

「ごめんなさい、そこまでは知らないわ。……でも、お店に来る時はたいていひとりよ。来店の時間から考えると、どこか、この辺りにある飲み屋さんにお勤めなのかもね。服装やお化粧も華やかだし」

とりあえず仕事はしているらしい。確証ではないが、女将から得た情報にほっとする。

しかしパン屋の次は飲み屋とは。四捨五入で四十になろうというのに、これから夜の蝶《ちょう》にでもなるつもりだろうか。せいぜい蛾《が》がいいところだと、尚吾は深く溜息を落とす。

「今度店に来たら、あなたに連絡するように伝えましょうか？」

女将の提案に、一瞬うなずきかけるが、もしもなにかの理由があって姿を消しているのだとしたら、それをきっかけにさらに遠くに逃げてしまうかもしれない。

今は慎重になったほうがいいだろう。

「俺が来たことは内緒にしておいてください」

尚吾がそう伝えると、女将は「そう」と、大将にちらりと視線を向けた。大将がむっつりしたまま口を開く。

「そんなら、お前、今度来た時に勤め先でも訊いといてやれよ」

「そうね」と、女将の表情がパッと華やぐ。

「スパイになったみたいで興奮するわ」

女将の不器用なウインクは、なぜだか似ても似つかない美智子を思い出させた。


粋を出ると、尚吾はその足で工房に向かった。

六時半頃に店に着き、少しずつ厨房を片付けはじめているゴローとあかりを捕まえる。まだぽつぽつと客はいるが、尚吾は小声で先ほど得た情報をふたりに伝えた。ゴローたちは仕事の手を止め、ふむふむと考え込んでいる。

「居場所まではわからなかったとはいえ、かなり前進したんじゃねえか？　たまに来てるって言うなら、店長は今週もまたその店に現れるかもしれないしな」

ゴローが明るい声を出すと、あかりもすかさず同意した。

「そうね、これは大進展だわ。まったく情報がなかった先週が嘘みたい。一応、聞き込みも続けながら、そっちにも期待しておきましょう。藤ヶ谷君、連絡先は……」

「俺の携帯を伝えてます。なにかあったら電話してくださいって言ってあるんで」

あかりは満足そうにうなずく。

「よっし」と、ゴローが手を打った。

「ほんじゃ、店長がこの街にいるってこともわかったし、俺らも仕事の後でその辺を覗いてみるよ。とにかく、残り時間が少ない。できるだけのことはしよう」

「俺も一緒に行きたいんですけど、千浩さんの熱が下がるまでは心配なんで、夜は家にいます。元気になったら、俺も捜しに出るんで」

「テスト勉強はいいのか？」と揶揄するゴローをさらりと無視していると、あかりに「ねえ」と声を掛けられた。

「……チーフの具合はどうなの？」

心配そうなあかりの様子に、尚吾は一瞬言葉を失う。

千浩の体調不良の一因は明らかに尚吾にもあるので、さすがに平然としてはいられなかった。

心苦しさに胸が痛むが、尚吾は気を取り直して口を開く。

「昨日に比べればだいぶよくなってます。でも、まだ熱は下がりきってません。……もしかしたら、もうしばらく続くかも」

「そう」とあかりが悄然と視線を落とす。

「ここのところずいぶん思いつめてたから、どっと疲れが出ちゃったのね。……なんでチーフばっかりこんな目に遭うのかしら。世の中って不公平だわ」

口にはしないが、この状況での千浩の不在はやはり大きいのだろう。

あかりは元々千浩に心酔しているところがあるし、工房が危機に瀕して不安にもなっているはずだ。そんな中で千浩が体調を崩して倒れたとなれば、心細さが募っても仕方がない。尚吾は黙ってうつむく。

硬い沈黙を破ったのは、「まあまあ」という飄然としたゴローの声だった。

「風邪でもひかなきゃ、あの人は休むってことを知らないんだから。却《かえ》ってちょうどよかったんじゃねえか？　それに、店のことは、俺たちで店長を捜し出せば済むことだ。なにも問題ねえだろ？　ん？」

そう言ってにやりと笑うと、ゴローが尚吾の髪の毛をぐしゃぐしゃに掻き乱した。

わかりにくいが、尚吾が気にしすぎないようにと慰めてくれているのだろう。さりげない優しさが身に染みる。

「つーわけで、あかりも、店長のことはしばらく千浩さんには内緒にしとけよ」

「わかってるわよ」

素っ気なく答えるあかりの横顔は、いつもの気丈なものだった。


家に戻ると、今夜もリビングは暗いままだった。

千浩はまだ部屋で寝込んでいるのだろう。リビングの明かりを点けると、すぐに千浩の部屋の扉を叩いた。

「千浩さん、入るよ」

暗い部屋に足を踏み入れ、すうすうとベッドで寝息を立てる千浩の元に近づく。

熱は下がったのだろうか。額にてのひらを当てると、じっとりと湿っていて驚いた。暗くてよくわからなかったが、ひどく汗ばんでいる。額はまだ熱いままだが、発汗しているということは少しずつ熱が下がっているのだろう。

しかし、朝はもっと熱が下がっていたはずだ。ここまで熱がぶり返すなんて今日は外出するべきではなかったかと後悔するが、それより千浩の介抱が先だった。この汗では不衛生だし、きっと気持ちが悪いはずだ。

本当はベッドシーツまで替えたいが、とりあえず着替えだけでもと、尚吾は千浩の部屋を後にした。

洗面所でタオルを三枚ほどお湯につけて絞り、それらと湯を張った洗面器を手に、千浩の部屋に戻った。明かりを点けると眩《まぶ》しいだろうから、あえて暗いままにしておく。

床に洗面器とタオルを置き、眠っている千浩の肩をそっと揺すった。

「千浩さん、汗、拭いたほうがいいよ。タオル持ってきたから」

千浩はとろとろと目を開けると、すぐ上にある尚吾の顔を見上げた。

「水分はちゃんと摂った？　汗すごいから、たくさん飲んだほうがいいよ」

そう言ってテーブルに準備していたステンレスボトルを確認する。半分ほどはなくなっていたので、とりあえずほっとする。あとで注ぎ足そうと考えていると、千浩がぼんやりと笑っていた。またお母さんみたいだとでも思っているのだろうか。

「きついかもしれないけど、このままじゃ汗で体が冷えるから……。起きられる？」

そう言って、布団の中に手を差し入れ、千浩の体を起こした。思った以上に汗がすごい。身につけているスウェットまで湿っていた。

千浩は小さく呻くと、のろのろと衣服を脱ぎはじめる。ひどくきつそうで、そんな動作すら緩慢《かんまん》だ。なんとか自力で上着を引っ張り上げるが、上腕のあたりで裾が引っかかってしまい、一向に脱げる気配がなかった。

「うー……、脱げない……」

腕に絡まった衣服が気持ち悪いのか、千浩が唸るようにそう漏らす。熱で朦朧《もうろう》としているのだろう。いつの間にか布地で顔がすっぽりと隠れていた。

悪いと思いつつ、そんな千浩につい笑いがこぼれる。

少し迷って、千浩のスウェットに手を掛けた。

「手伝いましょうか?」

尚吾がそう尋ねると、芋虫のようにまごついていた千浩の動きがぴたりと止まった。

他意はないとはいえ、あんなことがあった後で尚吾に肌を触らせるのは抵抗があるのかもしれない。それでもこのまま放っておくことはできず、尚吾は言葉を重ねた。

「大丈夫です。なにもしません。……本当に、汗を拭くだけだから」

ゆっくりとそう伝えると、服に隠れたままの頭がこくんと縦に揺れた。

うなずいてくれたことにひどくほっとして、尚吾は千浩の上着を脱がせる。バンザイをさせてスウェットを取り去ると、中からボサボサに髪を乱した千浩の頭が現れた。そんな姿がますます子供みたいで、尚吾は噴き出してしまう。

「……すごい頭」

「そうなの?」

自分では見えないので納得がいかないのか、千浩の瞳が不思議そうに揺れていた。

あっちこっちを向いている髪の毛を手ぐしで整えてやり、尚吾は床に置いたタオルを取る。

ベッドに座らせ、額から頬、そして首、肩と、きれいに汗を拭き取ってやった。千浩の細い手を取り、指の間もしっかりタオルで擦っていく。

「手、伸ばしてください」

「うん」

くてんと力の入らない体を尚吾に預け、千浩は素直に従う。

「タオル、熱くないですか?」

千浩の腕を拭き上げながら、尚吾がそう尋ねる。千浩はぼんやりしたまま、「うん」とうなずいてみせた。

「大丈夫、気持ちいいよ」

うっとりとしたように呟く千浩に、思わず心臓がぎゅっとなる。

千浩の言葉が不純なものではないことくらい、よくわかっている。しかしついあの夜のことを思い出してしまうのは、どうしようもないことだろう。

腕、それに肩から上を拭き終わり、尚吾は一度タオルを湯につけて絞った。次は千浩の胴だ。きれいなラインを描く鎖骨をタオルでなぞり、そのまま胸へと下ろした。

薄く色づいたふくらみを擦ると、千浩の肩がぴくりと揺れる。

(うわ、なんか……)

だめだと思いつつ、体は正直だ。尚吾の中心がじわりと熱くなっていく。

けれどそんな尚吾の反応にはまったく気づかず、千浩は座ったままでまどろんでいた。少しは警戒してくれよと八つ当たりのように思いながら、尚吾は慌てて目を逸らし、手早く胸と腹を拭き上げていく。

それから、尚吾は下のスウェットパンツに手を掛けた。

「……下も脱がすよ」

早くも手伝うと言い出した自分に後悔しながら、尚吾は千浩の足から下着を残してズボンを脱ぎ取った。ほっそりとした両脚が現れ、尚吾は思わず息をのむ。

だめだとは思うが、高鳴る鼓動は止まらない。同じ男だというのに、この艶《つや》っぽさはなんだろう。しかも千浩は、警戒することなく尚吾の手にすべてを任せきっていた。熱のせいでとろんとしているのもいけない。

(体を拭くだけ、拭くだけ、そう、拭くだけだから……)

尚吾は念仏のように内心でそう唱え、募る欲情をどうにか振り払おうと試みた。

しかし太股に手を掛けてゆるく膝を立てさせると、右足の付け根にある小さなほくろを発見した。ちょこんと潜んでいた黒い粒に、尚吾の抵抗は欲望の大波に簡単にのみ込まれる。たかがほくろひとつに、この揺さぶられようがなんとも情けない。つい、下着で隠れたふくらみや、胸の粒までをも意識してしまう。

尚吾は慌ててタオルを押し当て、そのほくろを覆い隠した。しかし薄い布越しに千浩の熱を感じ、またたまらない気分が込み上げてきた。千浩の体が熱いのは高熱なのだから当たり前だが、それとは違うほとぼりが、この手にたしかに伝わってくる。

心臓が移動したみたいに、尚吾の指先がトクトクと激しく脈打っていた。部屋を暗いままにしていたのもいけなかったかもしれない。少しだけ開いた扉から漏れる明かりに照らされて、少年めいた千浩の肢体が婀娜《あだ》っぽく見えるのだ。

必死に劣情を抑え、尚吾はその手を機械的に動かし続けた。

胸が苦しい。

ドキドキしすぎて、破裂しそうだ。

どうにか全身を拭き上げて、残すところは下着の中だけとなった。このまま促せば、千浩は素直に下着を脱ぐかもしれない。

けれど、さすがにそれだけは平静を保てる自信がなかった。

「あとは自分で」

「……尚吾君？」

尚吾はそう言い残すと、濡れたタオルを千浩に押しつけて部屋を後にした。千浩の視線を背中に感じるが、振り返ることなんてできなかった。

リビングに出たとたん、千浩の新しい着替えを用意していなかったことにハッと気がつく。スポーツ飲料を注ぎ足そうと考えていたステンレスボトルも置いたままだ。今からでも部屋に戻って準備するべきだと煩悶《はんもん》するが、中で汗を拭いている千浩を思うと、とても無理だった。

千浩は今、この中で一糸まとわぬ姿になっているかもしれないのだ。

そしてその細い指で、先日この目で見て、触れた、あの場所を……。

そんな姿を想像しそうになり、尚吾はずるずるとその場にしゃがみ込む。中途半端に突っ張った下半身が痛い。熱に浮かされている千浩にまで欲情してしまうなんて、自分は本当になんて浅ましい人間なのだろう。

この恋心は二度と千浩にぶつけないと、そう誓ったばかりだというのに。こうもあっさりと体は心を裏切ってしまう。

「サイテーだ、俺……」

ぺたりと床に尻をつくと、尚吾は立てた膝に勢いよく顔を押しつけた。

【第8工程】

木曜日、十七時。タイムリミットまで残り三日。

ようやく熱が下がり、千浩は今日から店に復帰している。しかし平熱には戻っても、まだ本調子ではないようだ。

しかし店の明け渡しまで残り数日ということもあり、家でゆっくり寝てなどいられないのだろう。尚吾たちとしてはまだ家で安静にしていてほしいのだが、本人が絶対に行くと言い張るのでどうしようもなかった。

千浩がとりあえずの回復をみせたため、尚吾も昨晩から美智子の捜索に復帰している。

千浩にはテスト勉強で部屋にこもっていると思わせ、尚吾はこっそりと夜中に家を抜け出して飲み屋街を走り回っていた。まだ体調の思わしくない千浩には、美智子のことは伝えないままにしてある。

今日を合わせてあと三日。早く見つけ出さなければと、さすがに焦りが募っていた。

こうして必死に捜しているのに、あれから美智子の情報はぱったりと途絶え、進展がないままだ。尚吾だけではなく、ゴローもあかりも遅くまで捜索しているけれど、一歩進んだかと思えばじりじりとした足踏み状態が続いていた。

今日もテストが終わった後、美智子を捜すため、街に直行していた。

日が暮れたのでいったん家に戻ると、千浩も仕事を終えて帰宅しているようだった。マンションの玄関を開けると、わっと賑やかなテレビの音がリビングから漏れ聞こえてくる。いつも千浩が観ている夜八時のバラエティ番組だろう。

リビングでは、久々の仕事で疲れたのか、千浩が着替えもせずにこたつに潜り込んで仰向けになって寝ていた。家にいる時にテレビをつけるのは千浩の癖で、べつに観ているわけではないようだ。テーブルにはノートパソコンが開かれている。千浩も美智子の情報が来ていないかと調べていたのだろう。

「そんなところで寝てると、またぶり返しますよ。やっぱり、まだ休んだほうがいいんじゃないですか？」

尚吾が心配からそう声を掛けると、千浩がぱっちりと目を開けた。どうやら眠っていたわけではないようだ。首だけで尚吾を見上げてくる。

「もう平気だってば」

千浩は不服そうに頬をふくらませ、ずるずると体を起こした。

「お店でも『大丈夫?』ばっかり訊かれるし、逆に疲れちゃうよ」

「みんな千浩さんのことが心配なんですよ」

千浩が店を休むことは珍しいようなので、ゴローたちも心配なのだろう。尚吾がそう言って笑うと、「わかってるけど」とぼやきながら千浩がノートパソコンの隣に顔を突っ伏した。

——いつの間にか、千浩とは今までどおりの関係に戻っている。

それはもちろん千浩への好意を押し隠して初めて成り立つ関係だが、それでも、尚吾は満足していた。千浩を苦しめる存在になるくらいなら、好きだと言えなくても構わないのだ。

まだ血色の悪い千浩の顔を見つめながら、尚吾は自分にそう言い聞かせる。こうして一緒に暮らして、何気ない会話を交わせるだけでも幸せだ。欲張りすぎたら罰が当たる。

「どうです、サイトのほう、なにか情報入ってます？」

尚吾が千浩にそう尋ねると、千浩は顔を伏せたまま小さくかぶりを振った。こちらも収穫はなしのようだ。にわかに気落ちするが、落ち込んでいる場合ではない。

それに街に行けば、今日こそ粋に美智子が現れるかもしれない。

千浩には顔を見せたので、あとは部屋にいると思ってくれるはずだ。適当に胃袋になにか詰め込んで、また街に出ようと奮起する。

「じゃあ、俺は部屋に戻ります。明日もテストなんで」

念には念をということで、尚吾があらかじめ考えていた台詞《せりふ》を口にすると、千浩がふと、こたつから顔を上げた。かすかに唇を開き、なにか言いたげな目をこちらに向ける。

「……どうしたんですか？」

嘘が見抜かれてしまったのかと、尚吾の心臓が飛び跳ねそうになる。元々嘘は得意ではない。後ろめたさからつい目を逸らすが、それでも千浩は尚吾をジッと見つめていた。探るようなその視線に、ひどくいたたまれなくなってしまう。

やがて、千浩が「テスト」と口にした。

「調子はどう？　……昨日からこもりっぱなしだけど、無理しちゃだめだよ」

そう言って微笑む千浩に、尚吾は内心で盛大に胸を撫で下ろす。どうやら気づかれてはいないようだ。千浩が鈍くて本当に助かった。

「ちょっとは気を休めたら？　僕も元気になったし、今日はお鍋でもしない？　そこのスーパーで、ちょちょっと材料買ってくるから」

そうしようよ、と表情を綻《ほころ》ばせる千浩がかわいくて、尚吾はついフラフラとうなずきそうになってしまう。三月とはいえ、まだまだ外は寒い。千浩と湯気の踊る鍋をつつく姿を想像するだけでも夢心地だ。

しかし今は、そんなことは許されない時だ。

尚吾はハッとして気を引き締める。魅力的な提案に心が揺れるが、一分一秒を惜しまなくてはならないのだ。鍋は店の問題が解決してからの楽しみにとっておくことにしよう。

「今日は勉強したいんで、また今度にしましょう」

「すみません」と言い足すと、尚吾はそそくさと千浩に背を向けた。寂しげな視線を背中に感じたが、情に流されている場合ではない。尚吾は心を鬼にしてリビングを後にした。

パタンと自室の扉を閉めると、さっそく行動開始だ。

制服を脱ぎ捨てて私服に着替え、袖無しのダウンジャケットを上から羽織ると、携帯電話をポケットにしまった。コンパクトなショルダーバッグに財布を突っ込んで肩に掛け、そっと部屋の中からリビングの様子を窺う。

まだテレビの音が聞こえているので、千浩は自室には戻っていないようだ。尚吾は少し迷うが、バラエティ番組の賑やかな音に紛れるように、細心の注意を払って静かに部屋を出た。

忍び足で廊下を抜け、玄関に向かう。最大難関である玄関の扉を、大きな音が鳴らないようにそっと開けた。マンションの廊下に出ても気は抜けず、泥棒にでもなった気分でこそこそとエレベーターを目指す。

悪いことをしているわけではないのだが、この瞬間はどうしても緊張する。

しかしこれもすべて、千浩を不安にさせないためなのだ。毎晩外に出ていることが知られたら、きっと千浩は心配するだろう。だからといって、まだ美智子のことを知らせるわけにもいかない。

我ながら涙ぐましいと、尚吾はエレベーターに乗り込んで溜息をついた。ほんの少しだけ千浩を裏切っているような心苦しさもあるが、これも美智子を見つけるまでの辛抱だ。一階に到着し、気合いを入れるため、尚吾は自分の両頬を叩く。

一日も早く千浩を安心させたいと、尚吾はエレベーターから足を踏み出した。

土曜日の深夜。タイムリミットまで残り半日。

夜中の凍るような風を切りながら、尚吾は寂れたネオンの灯《とも》る飲み屋街を歩き続けた。あと一時間もすれば明け渡しの日になってしまう。焦る気持ちをどうにか宥め、尚吾はネックウォーマーに顔を埋めた。肌を刺すような寒さの中、自分の吐息だけが熱い。

寝る間も惜しんでの捜索も空しく、美智子の居場所は依然としてわからないままだった。無駄に時間が過ぎるばかりで、なんだか時計にからかわれている気分だ。

この街にいるという情報まで摑んでいるというのに、捜し方が悪いのだろうか。気弱になるが、思い当たる場所にはすべて顔を出した。店という店、道という道、本当に草の根を分ける勢いで捜し尽くしたといっても過言ではない。

そうまでしたのに見つからないということは、もしかしたら美智子はもうこの街を出てしまったのかもしれない。時間が足りない心細さから、そんな不安が頭をもたげる。

この界隈で最も大きな通りに出ると、尚吾と同じく美智子を捜していたゴローたちと合流した。塩梅を尋ねるが、ゴローもあかりも肩を竦めるだけだった。

「ほんと、どこ行っちゃったのかしら」

あかりはすっかり疲れ果てた様子でそうこぼす。手袋をした手を擦り合わせながら、少しでも暖をとろうと息を吹きかけていた。元々化粧が薄いため、目の下にできた隈《くま》がはっきりと目立っている。

この一週間、仕事の後に毎晩こうして街を歩き回っているのだから、あかりたちもさすがに限界が近いのだ。ゴローも睡魔に襲われているらしく、隠しもせずに大口を開けて欠伸《あくび》をしていた。どうしたもんかと、三人で一斉に肩を落とす。

「……もうこうなったら、作戦を変更するしかねえな」

欠伸で滲《にじ》んだ涙を指で拭いながら、ゴローがぼそりと呟く。尚吾は藁《わら》にも縋る思いでその顔を覗き込んだ。

「作戦の変更って、なにかいい考えがあるんですか？」

「そうよ！　もったいぶってないで、とっとと教えなさいよ」

そんなものがあるのならばなぜもっと早く言わないのか。ふたりがじりじりと詰めよると、ゴローが「おう」と余裕たっぷりの笑みを浮かべた。まさか、本当に妙案があるのだろうか。

期待に目を輝かせていると、ゴローはあかりに向き直り、その両肩をぽん、と摑んだ。

「お前が店長のふりをして、石井とやらのところに行くんだ。いいか、頑張って大人の女らしくふるまえよ。いつものヒステリーは封印しろ。……安心しな、お前の尊い犠牲は無駄にしないからな」

真顔でそう語るゴローに、尚吾たちはぽかんとしてしまった。

大きな光明を見つけた気でいたら、それは電池切れの懐中電灯だったようだ。こんな時までよく冗談が言えるものだと、尚吾は呆れ果てる。

一拍置いて、あかりの口からキシャーッと聞いたこともない妙な音が炸裂《さくれつ》した。

「馬鹿なの？　ねえ、馬鹿なんでしょ！　そんなに店長の身代わりを立てたいなら、自分がなればいいじゃない！　石井だって、あんたの大好きなおっさんかもしれないわよっ」

「なんだよ、お前が教えろって言ったんだろ？」

往来のど真ん中で所構わず口論を始めるゴローたちに、尚吾はまたかと肩を落とした。このふたりはこれで仲がいいのかもしれない。さすがにもう慣れっこだ。チラチラと集まる通行人の視線を感じ、尚吾は他人を装ってさりげなくふたりから離れた。

大人ふたりがこの調子では、やはり頼れるのは自分だけらしい。

千浩のため、工房のため、自分がしっかりしなくては。尚吾がそう決意を固めていると、ふいにポケットの中で携帯電話が震えはじめた。一縷《いちる》の希望に胸を弾ませ、もしかしたらと取り出す。

最後のどんでん返しというのは、本当にあるのかもしれない。

携帯電話の待ち受け画面には『粋』の文字がくっきりと浮かび上がっていた。

三人が急いで粋に駆けつけると、カウンターの中に先日の女将が立っていた。店に入ってき

み放題付き宴会

た尚吾を捉え、女将は興奮したように大きく手を振る。

「あっ！　こっちよ！」

女将はゴローとあかりに一瞬目を瞬かせるが、すぐに三人に手招きをする。

先ほどの電話の内容は、店に美智子が来ているというものだった。待ちに待った朗報に、尚吾は思わずその場でガッツポーズを決めたほどだ。このタイミングで美智子に関する情報が入るなんてまさに僥倖《ぎょうこう》だった。天佑、神助、とても言葉には尽くせない。

三人がいた通りから店までは少し離れていたが、慌てて駆けつけた。しかし入り口から店を見渡しても、美智子らしい客はどこにもいなかった。どこかに個室でもあるのだろうかと、尚吾は奥を覗き込む。

「あの、母さんは……」

尚吾がそう尋ねると、女将は申し訳なさそうに眉をよせた。

「それがね、つい今しがた店を出ちゃって」

「店を出た!?」

ゴローが目を丸くして体を乗り出す。

女将は興奮しきった様子でカウンターの一角を指さした。

「たしかに十分前にはここにいたのよ！　そこっ、そこの席にっ！　……でも、今日はいつもよりすぐに帰っちゃったの。本当にあっという間で、私もびっくりしちゃったくらい。今、うちの人が後を追いかけてるんだけど、……どうなったかしら」

皮肉なことに、紙一重の差で美智子は店を出てしまったらしい。女将はおろおろとカウンターの中を歩き回っている。

「十分前……」

たった十分前まではここにいたのか。

尚吾は女将が示した席を力なく見つめる。なんだか昨夜見た夢の話でも聞かされているみたいで、ひどく現実味がない。

「くっそ、……あと少しだったのに」

らしくもなく、ゴローが盛大に舌打ちした。けれど尚吾にもその気持ちは痛いほどよくわかった。ここまで見事にすれ違うなんて、実体を持たない幽霊を追いかけている気分だからだ。

「うちの人も、もうすぐ戻ってくると思うから、もうちょっと待ってみて」

三人の思いつめた様子に責任を感じているのか、女将がしゅんとうなだれる。

店の営業中だというのに、大将はわざわざ美智子を追いかけてくれたのだろうか。先日出会ったばかりの尚吾のために、まさかそこまでしてくれるなんて。感謝と申し訳なさで本当に頭が下がる。

それでも期限がジリジリと迫る今、女将たちの親切に甘えるしかなかった。「すみません」と頭を下げると、尚吾は潜り戸を抜けて表に出る。

気が焦って、店の中でジッとしてなどいられないのだ。

美智子は一体どこに消えてしまったのだろうか。尚吾が夜の通りをきょろきょろと見回していると、背後から「どうだ?」とゴローに声を掛けられた。その後ろにはあかりもいる。落ち着かないのは皆同じなのだろう。

「捕まえられるといいわね」

沈痛な面持ちで呟くあかりを振り返ると、その向こう側に、見覚えのある姿を見つけた。大将だ。通りの向こうから、大将がのしのしと店に戻ってくる。

思わず、尚吾は大将に駆けよった。後ろに美智子を連れている様子はないが、行き先は突き止めているかもしれない。

「どうでしたか!」

大将と向かい合い、尚吾はそう尋ねる。ごくりと固唾《かたず》をのみ込んでいると、「すまん」という苦々しい声が返ってきた。

「そこの大通りにある消防署まではついていけたんだがな、角を曲がったとたんに忽然《こつぜん》と消えちまって。しばらく辺りを探したんだが……、面目ない」

どうやら、またしても美智子の尻尾はこの手から逃げてしまったようだ。

尚吾はがっくりと肩を落とすが、深々と頭を下げる大将に、「そんな」と慌てて頭を振った。他人同然の自分のためにそうまでしてくれて、謝らなければいけないのはこちらのほうだ。

「忽然と、か。まさか店長、引田天功《ひきたてんこう》に弟子入りでもしたのか？」

「そんな冗談言ってる場合？　最後のチャンスだったのかもしれないのに！」

本気とも冗談ともつかないゴローに、あかりがキャンキャン噛みつく。大将は仏頂面《ぶっちょうづら》のまだが、どこか申し訳なさそうに顎を掻いていた。

あかりの言うとおり、最後の最後で美智子の手がかりが目の前から消えてしまった。そろそろ日付も変わる頃だ。タイムリミットまでどれほどもない。絶望で目の前が真っ暗になった。

（だけど……）

尚吾はこぶしを握り、まっすぐ大将を見る。

たとえ可能性がゼロに近くても、ここで諦めるわけにはいかなかった。美智子は幽霊なんかではなく、たしかに存在しているのだ。どこかにいるというのならば、見つけられないはずはない。

「……あいつ、消防署の辺りまで、たしかに歩いていったんですよね？」

尚吾はそう訊くと、「ああ」と大将がうなずいた。

「しかし、それからだいぶ経ってるし、今はもう……」

「わかりました。……ありがとうございます！」

尚吾は礼もそこそこに、弾けるようにその場を後にした。

きっともういないぞという大将の叫びが背中に届くが、それでもいてもたってもいられず、大通りを目指して走った。

――本当に、これが最後のチャンスなのだ。

今を逃したら、千浩は工房を諦めなければいけなくなる。

「本当は辞めたくない」と言っていた千浩の声が聞こえた気がして、尚吾はぎゅっと目を瞑った。工房は千浩の宝物だ。それは他の誰かが乱暴に奪っていいものではない。

それに初めて好きだと伝えたあの日、尚吾は約束したのだ。

店を守ると、絶対になくしたりはしないと、そう誓ったのだ。

美智子を捜し出して、店を残す。それ以外に尚吾がとるべき選択肢はありえなかった。自分が千浩のためにできることは、それしかないのだから――。

途中で酔客に何度もぶつかりそうになりながら、尚吾は大通りに繋がる角を曲がった。今夜はよく晴れていて、とりとめのない雑多な街の空でも月だけは明るく輝いている。迷いのないその美しさが、尚吾を励ましてくれているような気がした。

凛《りん》と光る月の下、尚吾はがむしゃらに走り続けた。


「おかえりなさい」

東の空がうっすらと白みはじめている。

尚吾が夜明けとともに家に戻ると、リビングに千浩の姿があった。照明が煌々《こうこう》と灯っている。数時間後には店の立ち退きが迫っているので、さすがに眠れなかったのだろうか。もう明け方だというのに、静まりかえった部屋の中、ソファの上で膝を抱えて座っていた。

帰宅の際には極力気をつけたつもりだが、この早朝では小さな物音ひとつが命取りだ。「おかえり」という千浩の言葉からも、外出が知られていたことは明白だった。

夜中の勝手な外出、それも朝方の帰宅なので、さすがに怒られるだろうか。尚吾は黙って様子を窺うが、千浩はジッとこちらを見返すだけだった。底冷えのするような無表情で、その感情がまったく読みとれない。

千浩らしくないその張りつめた雰囲気に、尚吾は「ただいま」も忘れてリビングの入り口で立ち尽くしてしまう。

「どこに行ってたの？」

千浩が尋ねた。

「今日だけじゃないよね？　昨日も、その前も、ずっとどこかに出てる」

尚吾は自分の耳を疑った。……驚いた。千浩は最初から尚吾の不在に気づいていたのだ。

今さら取り繕うこともできず、尚吾は勢いよく頭を下げた。

「すみません！」

精一杯の謝罪にも千浩はひと言も発さず、尚吾の弁解を待っているようだった。静かな怒りというのは心を固く凍らせる。普段穏やかな千浩となるとなおさらだ。尚吾の勝手な行動に、本気で怒っているのかもしれない。

尚吾はゆっくりと顔を上げ、どこか空っぽな千浩の表情を見つめた。

「……あいつのこと、見つけられなかった」

ぽつりとそう告げると、千浩の目に少しだけ生気が戻る。

——あれから尚吾は大将と別れ、急いで消防署のある大通りに向かったが、どこを捜しても美智子の姿を見つけることはできなかった。粋にいたと知って期待が大きかった分、逃してしまった落胆は計り知れない。

それからゴローたちとともに夜が明けるまで捜し続けたけれど、美智子を見つけることはできなかった。結局、尚吾はなんの力にもなれなかったのだ。

「飲み屋街に行ってたんだ。美智子が通ってる店があるって聞いたから、その辺りをずっと捜しまわってて……」

素直にそう打ち明けると、千浩は怒ったような困ったような、なんとも掴みづらい顔でこちらを見返してきた。唇を小さく震わせて、「なんで」と、抱えた膝をギュッと握りしめている。

「そんな大事なこと、どうして教えてくれなかったの？　知ってたら、僕だって一緒に美智子ちゃんを捜したのに」

「だからだよ。……だから教えなかったんだ。やっと風邪が治ったのに、この寒い中を走りまわったらまたぶり返すかもしれないだろ」

尚吾の言葉に、千浩の語気が荒くなる。

「だからって、隠してていいことじゃないでしょ？　工房の今の責任者は僕なんだよ！」

珍しく声を荒らげるその様子から、千浩の憤りがひしひしと伝わってきた。

体が心配だったとはいえ、さすがに出過ぎた行動だったのだろう。こうなってようやく、そんなことに思い至る。しかも、店の存続に深く関わる情報を千浩に隠しとおした結果がこれだ。

今さら謝罪のしようもない。

謝ることもできずに尚吾が押し黙っていると、ふっと、千浩の瞳が揺れた。

「僕は」と、千浩が呟く。

そして力なく、自分の膝に顔を埋めた。

「あれから、尚吾君が家によりつかなくなって……、最近ろくに顔も合わせてないし、それに、夜中もこっそりどこかに行っちゃうし、……そんなに僕のそばにいるのが嫌なのかなって、そう思ってた」

「そんなわけないでしょう！」

思いもよらない千浩の発言に、反射的に否定の言葉が飛び出る。ソファまで大股で歩みよって床に膝を落とすと、少し高い位置にある千浩の顔を見上げた。

千浩の言う「あれから」とは、きっと尚吾が無理に千浩に触れた夜のことだろう。あの辺りから美智子の捜索で家を空けることが多くなったので間違いない。

ふたりの間にある大きな行き違いに、尚吾はなんと答えるべきか思いあぐねた。

千浩の近くにいるのが嫌だなんて一度も思ったことはないし、それどころか今も、さらりと流れるその髪の毛に手を伸ばしそうになる衝動を、どうにか抑えているほどだ。家を空けていた理由だって、突きつめれば千浩の力になりたくて美智子を捜していたからに過ぎない。

しかしそんな本心を伝えるわけにはいかず、尚吾の胸に葛藤が募った。

千浩は顔を伏せたまま、かすかにその肩を震わせる。

「でも、あの夜、尚吾君はすごく怒ってた。本当はそのことがずっと気になってたけど、でも、怖くて……、訊けなくて」

「怖いって、やっぱり……」

やはりあの日、千浩はひどく怯えていたのか。どれだけ反省しても過去を消すことなんてできないけれど、それでもあの夜に戻れるのなら、自分自身を本気で殴り飛ばしてやりたい。

あまりの罪悪感に尚吾がうつむいていると、「だって」と、千浩が顔を上げた。

その目に、大粒の涙が溜まっている。

「あんなに尚吾君が怒ってたのは、僕が無力でお店を守れないから、それが許せなかったんでしょう」

「千浩さん、なに言って……」

「僕がそんなだから、尚吾君にも、……置いていかれても、しょうがないのかなって」

千浩はとつとつとそう口にすると、ぐっと唇を噛んで黙り込んでしまった。涙をこぼさないように、必死に口を引き結んでいる。

まさかそんなことを考えていたなんてと、尚吾は息苦しささえ覚えた。

尚吾の言動は千浩の親友を彷彿《ほうふつ》とさせるのだと、ゴローが言っていた。

しかもその親友は結局、千浩を置いてこの家から出ていってしまった。美智子もいなくなり、あげくの果てに工房まで失いそうになっている今、尚吾もその親友のように自分のそばから離れていくのではないかと、そう不安になってしまったのだろう。

「俺は消えたりしない」

尚吾は呻くように呟き、千浩の体に手を伸ばした。

こんなことをしてはだめだと、なけなしの理性が叫んでいる。けれどここまで心弱くなっている千浩を放ってはおけなかった。

細い腕で抱えたその膝ごと、尚吾はしっかりと抱きしめる。

また怯えさせるだろうかと不安になるが、千浩はそれを振りほどこうとはしなかった。

「俺が怒ってたのは、店を残すためなら自分は辞めてもいいっていう、千浩さんの気持ちに腹が立ったからです」

尚吾は絞り出すように、どうにかそう言葉にする。

「どうしてそこまで他人のために自分を犠牲にするんだって、……そう思ったら、悔しくて。それが勝手にいなくなったあいつのためだっていうなら、なおさら」

「尚吾君、それは……」

今は千浩の口から美智子の話は聞きたくない。尚吾は千浩の言葉を遮《さえぎ》るように、勢いづけて想いを吐露した。

「それなら、千浩さんのことは誰が守るんだって、悲しくなったんです。それができるのは、俺しかいないって思った。……それなのに、不安にさせてほんとにごめん。でも俺は、絶対に千浩さんを置いてったりしない！　あいつとも、千浩さんの親友とも、誰とも違う」

ハッとした様子の千浩に、尚吾は「すみません」と小さく謝る。

「ミヤさんって人の話、ゴローさんから聞きました。俺がやってることはそいつと一緒だって、ゴローさんに言われて。……反省したんです。無理に気持ちを押しつけて、千浩さんを苦しめてた。千浩さんはお人好しだし、店のことがあるから、俺の気持ちを拒みきれないだけなのに」

尚吾は言葉を続ける。

「大体、貯めてた開店資金まで持って逃げられたのに許せるなんて、どこまでお人好しなんですか」

尚吾がそう言うと、「そんなんじゃないよ」と、耳元でかすかに笑う気配がした。

「尚吾君から見たら、僕はけっこう人がいいふうに映ってるんだね。でも、実際の僕はすごく頑固だし、嫌だと思ったことは誰になんて言われても、絶対にしないんだよ」

いつの間にか、千浩の口調にいつもの穏やかさが戻っていた。やわらかくて少しのんびりした、尚吾の好きな声だ。

「だから、ミヤとは、……そういうことはできなかった」

千浩はそう言うと、尚吾の胸をゆっくりと押しのけてその囲いから逃れた。

そして至近距離で、尚吾の双眸《そうぼう》を見返す。

「たしかにあのお金は、僕にとって大金だった。でも、それよりもミヤの気持ちに応えられないことのほうがつらかったんだ。……ミヤのこと、すごく大事だったのに、それでも、自分の気持ちに嘘はつけなかった。それがすごく、申し訳なくて」

千浩が尚吾をまっすぐ見つめている。

「僕は、好きな人としかキスはできないから」

決意のこもったその声に、尚吾の喉がきつく引きつった。

「……ごめん」

「どうして謝るの？」

「だって、……それなのに、俺はむりやり……」

なぜだか、千浩が呆れたような笑いを漏らす。

「僕はあの時、いいって言ったはずだけど？」

「でも、あの時は事情があったから……」

あの夜は、千浩の美智子への想いを盾にして屈服させたに過ぎない。そんなことは他ならぬ尚吾自身、嫌になるほどわかっていた。

しかし千浩は、「もう一度言うから、よく聞いて」と、尚吾の袖をきつく握りしめる。そんな千浩の真剣な表情から、目が逸らせなくなった。

……頼むから、これ以上なにも言わないでほしい。いっそこの場から逃げ出したいほどだ。

尚吾の心拍数が一気に上がっていく。

「僕はあの時、いいよって言った」

「やめてください！」と、尚吾が勢いよく千浩から顔を背けた。

これ以上聞きたくなくて、その顔をぎゅっと歪ませる。

「そんなふうに言われると、誤解しそうになる……」

なぜ千浩はそんなことを言うのだろうか。尚吾の罪悪感を楽にしようとしているのかもしれないが、それでもこんな言葉はひどすぎる。千浩の真意が理解できず、尚吾の胸が鋭く痛んだ。

尚吾は千浩が好きなのだ。

だからこそ、千浩のためにこの気持ちを隠し通そうと決めたのに。

すっかり狼狽《ろうばい》する尚吾に、千浩は「ねえ」と語りはじめた。

「初めて君が好きだって言ってくれたあの夜、店を守ろうって、そう約束してくれたでしょ」

千浩はそう言って、少しだけ笑った。

「多分、あの瞬間に、僕は尚吾君のことを好きになったんだと思う。君とは十以上も年が離れているし、それに美智子ちゃんの息子さんで、……だから、絶対に知られるわけにはいかないって、そう思ってたのにね」

千浩の声は砂糖菓子みたいに甘くて、尚吾の耳元でほろほろと溶けていく。

今、千浩はなんて言った？　溶けて形を失ったその響きを、尚吾は必死になって掻き集めようとする。けれどその輪郭は曖昧《あいまい》なまま、じんわりと尚吾の胸に落ちていった。

一番大切な響きだけが、尚吾の心にすとんと届く。

千浩が自分のことを好きなのだと。

年が離れていても、美智子の子供でも、それでも好きだと、その言葉だけが――。

「でも、君があの夜すごく怒って、このまま見捨てられちゃうのかもって思ったら、そんな意地、一気にどうでもよくなっちゃった」

そう言っていたずらっぽく笑う千浩に、尚吾の胸が激しく高鳴った。

「……あいつのことは、本当にいいんですか？」

あんなに大切に想っていたはずなのに、それでも、自分を選んでくれるというのだろうか。

千浩自身を犠牲にしてまで守ろうとしている美智子よりも、自分を選んでくれると？

尚吾がどうにか千浩を見返すと、ふいに唇にやわらかな熱が触れた。

「誤解じゃないって、わかってくれた？」

初めてもらう千浩からのキス。

そっと重ねるだけのキス。

それだけで十分だった。

千浩の体をソファの背もたれに押しつけて、尚吾は唐突にその唇を奪う。

わずかな隙間から舌を忍ばせ、それ自体が意思を持った生き物であるかのように、千浩の中を舐めまわしていった。なんだか初めて交わすキスみたいだ。ぐっとしょっぱいなにかが迫り上がってくる。

「ふ……」

千浩も尚吾の背中に手を回し、しっかりと抱きついてきた。

千浩が自分を選んでくれるというならば、美智子よりも、ミヤよりも、世界中の誰よりも大切にしてみせる。こんなに千浩のことを想う人間が、自分の他にいるわけがないのだ。

千浩をすべて手に入れたくて、尚吾は必死になってその舌を追いかけた。唾液を溢《あふ》れさせてちゅくちゅくと絡め合わせると、千浩も尚吾の愛撫に応えてくれる。こくんと唾液を飲み下す、その小さく上下する喉さえかわいくて、頭から全部食べてしまいたくなる。

尚吾は口づけの合間に、改めて千浩に問いかけた。

「本当にいいんですよね？」

千浩の返事を待ちながらも、尚吾はその唇を啄むように吸い続ける。

「……もう言わない」

頬を染めてそう答える千浩に少し笑った。拗《す》ねてしまったのか、視線を合わせようとしない千浩がやけに愛しい。

千浩の肌を隠す衣服を全て取り払ってソファに押し倒すと、自分も上着を脱いだ。千浩のつるりとした肌を目にするだけで、くらくらしてしまう。面映ゆそうにシャツを手繰りよせる千浩の手を奪い、指を絡めてソファに縫いとめた。

「や、だ、僕ばっかり」

「だめです。全部見たいから」

そう言って頬にキスを落とし、ツンと澄ました乳首にもう片方の手を伸ばした。指の腹でふにふにと小さな尖りを擦る。転がすように指を動かすと、千浩の息が少しずつ上がってきた。

「あっ……」

愛撫を続けながら、尚吾はもうひとつの乳首にもキスをする。舌でちゅっと吸い上げてやると、千浩の体が熱くなっていった。口の中でふくらむそれを味わいながら、もう一方も同時に指で責めたてた。むず痒《がゆ》そうに、千浩の足がソファの生地を引っかく。

ピンと突っ張る足の付け根に手を伸ばし、尚吾は片方の足をソファの背もたれに掛けさせた。

大きく開かれたそこを、千浩は慌てて空いた手で隠そうとする。

「こっ、こんな、に……」

「へたに隠すほうが恥ずかしいですよ？　大丈夫、俺しか見てないし」

「だから、恥ずかしいのっ！」

しかし千浩が手で隠すよりも早く、尚吾が性器を握り込んだ。すでに反応を見せているそこをそっと撫でると、千浩の足指がぴくんと丸くなる。

てのひらでそれを包み、下から上へと優しく擦り上げた。それから絶妙な強さでキュッキュッと何度もその動きを繰り返す。尚吾も男だ。どこがいいかは、言われなくてもよくわかる。

「あっ、やう…」

敏感な部分を直接他人に刺激され、千浩は切なげな嬌声を漏らした。尚吾の手の動きに合わせて、呼吸が途切れがちになっていく。

先走りの液がみるみる溢れかえり、千浩自身の性器をじっとりと濡らしていった。緩急をつけて擦るたびに鳴る水音も、千浩を興奮させる一因なのかもしれない。キュッと目を瞑り、プルプルと体を震わせている。

「千浩さん、気持ちいい？」

尚吾はそう尋ねるが、千浩は喘ぐばかりで、肯定も否定もしてくれなかった。

けれど先に張り出した敏感な部分を入念に擦ってやると、性器の先から出る透明な液はさらに量を増していく。亀頭を擦り上げる尚吾の指先が糸を引いた。それは千浩の答えにも等しいものだ。

尚吾はわき上がる愛しさに、無意識に性器へと顔を近づけていた。そしてぺろりと、迷いなく先端に舌を這わせる。それから大きく口を開き、いやらしく震えるそれを頬張った。

「あっ、ん、んうっ！」

尚吾は千浩の足の付け根をてのひらで押さえ、大きく割かれたその中心を吸い上げていく。丸くふくらんだそこを舌で弄び、少ししょっぱい先走りも丹念に舐め尽くした。

男のそこを舐めるなんて初めてのことだけれど、まったく戸惑いはなかった。それどころか、千浩が乱れるほどに、さらにきつくしゃぶって追いつめたくなる。

じゅっと激しく舐め上げたその時、千浩のそれがびくんと跳ねた。

手を置いた内股も同調するようにわななき、千浩は全身を突っ張らせる。

「やっあっ、あ、あん！　もう、もう、――でちゃ、っつ」

引きつったようにそう叫んだかと思うと、千浩のそこからどくりと白濁が飛び出してきた。

尚吾の口の中で脈動しながら、すごい勢いで迸《ほとばし》りを放つ。

尚吾はそれをすべて飲みほし、さらに一度達してやわらかくなっていく性器も隅々まで舐め尽くした。千浩のものだと思うと、周りに付いた残滓《ざんし》さえ愛しくてたまらない。達した快感の名残にぴくんと跳ねるさまも、かわいくてしかたがなかった。

「は、ぁ…、尚吾、君……」

千浩がふうふうと荒い呼吸に胸を弾ませる。

愛惜《あいせき》からもう一度先端にキスをして、尚吾はようやく千浩のそこを解放した。そしてその下の奥まった窄《すぼ》みに指先を当てる。

男同士でのセックスはここに挿入するのだ。

未知の世界だというのに、目が眩《くら》むほどの欲情を感じた。くったりと仰向けになっている千浩の後孔《こうこう》を指先で軽くつつくと、入り口が小さく収縮する。かわいくて、いやらしい蕾《つぼみ》だ。

そんな千浩の反応がたまらなくて、尚吾の胸がギュッと高鳴った。自分の指を舐めて濡らし、尚吾はツッと、千浩の後孔に指を差し入れる。

「あっ、やっ…、なん、か……」

尚吾の指の蠢《うごめ》きに合わせて、千浩もくねくねと腰を動かす。

「なんか……、むずむずするっ」

普段は異物を受け入れるということのないそこを丹念にまさぐられ、違和感を覚えているのだろう。千浩はギュッと目を瞑り、体をこわばらせていた。

「痛いですか?」

「い、たくは、ないけど」

とりあえずその返事にほっとするが、こんなに全身を硬くされては敵わない。

尚吾は一度指を抜き、千浩の後孔へと顔を近づけた。たった今指が挿《は》いっていたそこに、今度は舌を差し込む。たっぷりと唾液を含ませ、ひそやかなその入り口を舐めていった。

「えっ…、やっ……、や、だっ！」

さすがに後孔を舐められるとは思ってもいなかったのか、千浩がすっかり狼狽してしまう。慌てて足を下ろして閉じようとするが、ソファの背もたれから尚吾の肩に変わっただけで、それは叶わなかった。

「そんな、とこ、…は、あう、……んっ」

指先で入り口をぐっと押し広げ、隠れた媚肉《びにく》を目前に晒《さら》す。いつもは閉じられたその秘部を、尚吾は余すところなく解《ほぐ》していった。内側のやわらかい肉に舌をねじ込み、性器のようにずぶずぶと出し入れを繰り返す。

浅い部分を丹念に解され、一度は落ち着いたはずの千浩の性器がふたたび頭をもたげはじめた。すぐ目の前で起こる千浩の体の変化に、尚吾も興奮してしまう。硬くなっていた千浩の体も、徐々に甘くとろけていった。

十分やわらかくなったそこから顔を上げ、尚吾はふたたび一本の指を差し入れる。ぴくりと足を震わせるが、今度は先ほどよりもすんなりと指を受け入れてくれた。

千浩の中は熱くて、尚吾の指をきゅうきゅうと締めつけてくる。長い指を奥まで挿し入れ、内側の壁を指先で掻いてみた。未知の領域ということもあり、尚吾がおそるおそる擦り上げると、千浩が「ひゃっ」と目を見開いた。

「ここ、こんなふうにされるとどうですか？」

尚吾はくいくいと指を動かしながら、千浩の反応を確かめる。

「ど、どうって……あ、あっ、」

「気持ち悪かったら言って」

腹のほうに指を折り曲げながら、尚吾は少しずつ移動させていった。千浩に気持ちよくなってほしくて、じっとその表情を覗き込む。けれど千浩はそれが恥ずかしいのか、「もうっ」と真っ赤な顔を腕で隠してしまった。

「だめですって、隠されたらわからない……」

「――ひゃうっ！」

しかしそう言いかけたその時、千浩のそこがキュウッときつく尚吾の指を締めつけた。小刻みに何度も、痙攣《けいれん》するように蕾がぱくつきはじめる。

「いっ、やっ、あっ、…あっ、やあぁっ、はっ」

今までとは段違いの乱れように、尚吾は目を瞠《みは》った。

もしかして、ここが気持ちいいのだろうか。尚吾はちょうど指先が触れている箇所を、カリカリと掻いてみた。そこは少し丸くふくらんでいて、刺激すればするほど、千浩はその体をびくびくと身悶《みもだ》えさせていく。

「やだ、や…あっ、そこ、押さな…で……っ！」

顔を隠すのも忘れ、千浩が目に涙を浮かべて喘いでいた。

こんな場所があるのかと、尚吾は感動さえ覚える。自分が与える愛撫で千浩が感じているのだと思うと胸が切なく収縮した。

尚吾はすっかり勃《た》ち上がった千浩の性器にキスをする。蕾の奥に潜む弱い箇所も苛《いじ》めながら、千浩の性器をちろちろと舐める。亀頭だけを軽く咥《くわ》えると、同時に与えられる刺激に耐えきれないのか、千浩が腰を浮かせてしまった。

その拍子に、ぷるん、と口からこぼれてしまう。

「千浩さん、動いちゃだめだって」

「だっ…て！　そんな、の、むり…んぅ」

千浩は涙目になって必死に堪えているようだったが、絶えず与えられる後孔への愛撫に、息も絶え絶えになっていた。尚吾の叱咤に、弱々しくかぶりを振っている。

口の端から溢れる唾液もそのままに、千浩は快感に身を委ねていた。恍惚《こうこつ》としたその表情に、尚吾は思わずごくりと喉を鳴らす。

（いくらなんでも、えろ……）

尚吾は後ろの指をさらに増やし、じゅぷじゅぷと出し挿れを繰り返した。性交を模した動きで、千浩のそこを丁寧に慣らしていく。千浩の体は驚くほど柔軟で、尚吾の愛撫を徐々に受け入れていった。それどころか指の動きに合わせて腰まで揺らしはじめる。

浅く引き抜き、奥まで突く。そんな激しい動きにも、千浩はうっとりと頬を染めていた。

「あ、やぁっ、あっ…、んっ……！　かゆい、あっ、なんか、……あんっ」

千浩の腰の動きがますます激しくなっていく。

……もう限界だった。尚吾はぐっと息をのみ、その手をすっと引き抜いた。

「やっ、だ…っ、出しちゃ、あっ」

与えられていた快楽が突然なくなり、千浩は苦しげに涙をこぼす。尚吾は下着をくつろげると、ソファに乗り上げて千浩の体に覆いかぶさった。三人掛けの大きなものとはいえ、ふたりで行為に及ぶには、狭いし、硬い。

「背中、痛くない？」

場所を変えようかという意味も含めてそう尋ねるが、千浩はいやいやと否定した。

「いたく…ないっ、から、……早く……！」

挿れて、と、掠れた声で哀願される。

「もっとふといの、いれて、いれて……っ！　こすって…っ」

まるで飢えた獣だ。普段とのあまりの変わりように驚くが、千浩の痴態に反応している自分の体も、十分獣じみている。言われるまでもなく、こちらもすでに限界だ。

「……ほんと、えろすぎ。なんなんだよ、あんた」

ぺろりと唇を舐め、尚吾は自身の屹立《きつりつ》を千浩の蕾にねじ込んだ。ひくつく入り口をググッと抜け、熱い肉壁を擦りながら奥へと進める。千浩の中は驚くほどやわらかく、尚吾に絡みついてくる。

「ひゃっ、あ、ん、…あ、あうっ」

奥を深く穿《うが》たれただけで、千浩は全身を震わせた。もう待てないとでもいうように、尚吾の首に弱々しく腕を伸ばす。

尚吾もこのままジッとしてなどいられなかった。絶えず締めつけられる屹立が、すぐにでも暴走しそうなのだ。

「ごめん、ガツガツいく、かも……」

「しょ、ご、くん……、あっ、あん！」

尚吾はそうこぼすと、宣言どおり千浩の体を貪《むさぼ》りはじめた。

千浩の内側へと、自身の欲望を叩きつける。脈動する媚肉をぐいぐいと圧迫すると、千浩も狂おしそうな反応を示した。すっかりそそり立った千浩の性器が尚吾の硬い腹にぶつかり、先走りの液で濡らしていく。

尚吾が抽挿《ちゅうそう》を行うほどに、その染みは大きく広がっていく。

「……あん、奥っ、…おく……、いいっ」

尚吾に揺さぶられながら、千浩は熱に浮かされてそう繰り返す。首に回された千浩の手が震えていることに気づき、欲情で視界が潤んだ。まるで千浩の全身が性感帯になっているみたいだ。どこに触れても感じるかもしれない。

リクエストに応え、尚吾は最奥を激しく突いてやる。気を抜くとすぐにも持っていかれそうで、尚吾はぐっと下腹部に力を入れた。互いの肌のぶつかり合う音がリビングに響き、千浩と繋がっているのだと実感する。

なんだか信じられなくて、体だけではなく胸の辺りもじわじわと熱くなった。

こうして千浩を感じることができて嬉しい。千浩が悦んでくれて嬉しい。――ひとつになれて嬉しい。

千浩にももっと自分の熱を感じてほしくて、穿つ速度を上げ、内壁をさらに強く擦ってやった。リズミカルに腰を律動させると、千浩もそれに合わせて自身の腰を動かしていく。

「くっ…、は、ぁっ」

「んぅっ、……あっ、しょ、しょうご、くん…っつ」

千浩の一挙手一投足が、尚吾の心をたやすく攫《さら》っていった。名前を呼ばれるだけで、全身が痺《しび》れるように感じてしまう。結合部が泡立つほどに抽挿を繰り返し、水音も激しくなる一方だ。

千浩の弱いところを先端で刺激してやれば、その快感に我を忘れて喘いでくれる。

熱い。信じられないくらい、熱い。

繋がってる箇所が、このまま溶けてひとつになってしまいそうだ。

「ちひろさ…、好き……」

尚吾は吐息のようにそうこぼすと、千浩の体をさらに深く貪った。

「もう、…もうっ、だめ、だめ、あっ、や、だ、めぇっ……！」

千浩は涙をこぼしながら上擦った声を上げ、二度目の精を放出した。吐精に合わせて蕾がきつく収縮し、尚吾の雄を搾《しぼ》り上げていく。千浩は肌を粟立《あわ》たせ、びゅくびゅくと尚吾の腹部に精液を散らした。

千浩の後孔に食いちぎられそうになりながら、尚吾の雄もいよいよ限界へと促されていく。

「ほんと、死ぬほど、好き……っ」

そう言いきると、尚吾は張りつめた屹立から白濁を迸らせた。どくどくと千浩の中に注ぎ込み、汗で湿った体をきつく抱きしめる。

腕の中の千浩に言葉にならない幸福を感じるけれど、工房の問題は結局解決されていないいまだった。美智子というカードがない状態で、明日、久川に対して自分になにができるのだろう。

不安はあるけれど、それでも、尚吾は逃げるわけにはいかなかった。

この人を守らなければと、ただ強くそう思った。

【第9工程】

日曜日、十三時。タイムリミットまで残りゼロ日。

ついに決戦の時が来た。

昼前に久川から連絡が入り、定休日ではあるがこんがり工房のメンバーが店に集合することとなった。千浩、ゴロー、あかり、そして尚吾。工房側はすでに全員揃っているが、当の久川の姿はまだどこにも見えない。自分から呼びつけておいて、まだ到着していないようだ。

皆ソワソワと落ち着かず、ロールカーテンを下ろしたままの窓に頻繁に目を向けている。死刑執行までの待機時間は、なににも増して苦痛なものだ。

店は今までと変わらず、機材もインテリアもすべてそのままだった。美智子を捜し出してそのまま営業を続けるつもりだったので、移転の準備などなにひとつしていないのだ。久川は明け渡しまでに店を空にしろと言っていたので、今日の交渉次第では、より泥沼化する可能性が大いにある。

(……千浩さん、結局どうするんだろう)

尚吾はそっと、千浩の様子を窺う。千浩は静かに、レジ周りを片付けていた。こんな時にと思わないでもないが、体を動かしていなければ落ち着かないのだろう。

テナントを明け渡すのか、それとも店を辞めて工房の存続を選ぶのか。

どちらであろうと、それが千浩自身が導き出した答えならば、尚吾にも誰にもきっと変えられはしない。そのことはもう、さすがにわかってしまった。

それにしても店を片付けている千浩の姿はいつもどおりのんびりとしていて、今朝方あんなに乱れた人と同一人物だとはとても思えなかった。

うっかり数時間前の千浩の様子がまぶたの裏に浮かび、尚吾はぼんやりと宙を見つめた。

一度知った千浩の体はあまりにも魅惑的で、簡単には放すことができなかった。しっとりと吸いつくような肌。貪欲に求めてくれるその姿は本当に淫《みだ》らで、今も繋がった時の感覚が忘れられない——。

パチンと泡が弾けるように、尚吾は我に返った。

今、完全に意識が飛んでいた。これからが工房にとっての大一番だというのに、一体なにを考えているのだろう。尚吾は不埒《ふらち》な自分を戒める。

尚吾が気を引き締めて店内を見渡すと、皆の浮き足だった様子が視界に入った。あかりは落ち着きなく外の様子を探っているし、いつも余裕めいているゴローでさえ、ペンを回して手遊びしている。皆、神経質になっているのだ。尚吾もそっと固唾をのんだ。

ふいに、表の通りに車が停まる気配がする。

窓際に立つあかりが、慌ててロールカーテンの脇から外を覗いた。

「……来た」

あかりのこわばった声に、一瞬で店内の緊張が高まる。

カラン、と開いた扉から入ってきたのは、やはり久川だった。しかし今日はひとりではない。その背後に、小柄で肉づきのよい男性が控えていた。

年は四、五十代というところだろうか。少々薄いが髪の毛はきれいに整えられ、仕立てのいいスーツを自然に着こなしている。黙っていても滲み出る威圧的な雰囲気から、ふつうの勤め人でないことは一目瞭然だった。

一瞬で、その男が誰なのか予想がつく。

（たぶん、こいつが石井だ）

石井は店に入るなり不躾《ぶしつけ》に辺りを見渡し、不遜《ふそん》な態度で口を開いた。

「どういうことだ、久川」

前に立つ久川がすぐにそちらを振り返る。

「まったく片付いてないじゃないか。今日が期日だと、そう言ってあったはずだが」

忌々《いまいま》しげに吐き捨てる石井に、「申し訳ありません」と、久川が頭を下げる。

工房の人間など、石井にとっては透明人間も同然なのだろう。石井が会話を交わす相手はあくまでも久川だけだった。ここまで足を運んでおいて、千浩にすらひと言も声を掛けない。見た目以上に高慢な男のようだ。

「ちょっと待ってください」

千浩がレジを離れ、石井たちのいる売り場入り口へと足を進めた。

「あなたが石井さんですよね？　ご本人がいらしたのなら、話は早いです」

この男が石井だと、千浩もそう感じたようだ。石井をまっすぐ見据え、深々と頭を下げた。

「……この店を、どうかこのまま残していただけないでしょうか？」

道端の石でも眺めるように、石井がちらりと千浩を見やる。

「この店を残すということは、君が辞めるということだが、それは理解しているのか？」

千浩は「いえ」と、迷いのない口調できっぱりと答えた。

「僕もここに残ります。……ですが、店も続けます。今までどおり、このメンバーでこんがり工房を続けていきたいんです」

なにを馬鹿なと、石井が鼻で笑う。

「どうして私がこの店を残さなければならない？　ここには、アレはもういないのだろう？」

アレとは美智子のことだろうか。いくらいい加減な人とはいえ、実の母に対する石井の物言いが胸に引っかかった。

美智子はどうしてこんな男を選んだのだろうか。それになにより、千浩への態度が高圧的で腹立たしい。見下しきったその態度に、カチンときた。

「おい……」

思わず食ってかかりそうになるところを、他ならぬ千浩に制される。

千浩はパッと頭を上げ、しっかりと石井を見つめた。

「ですから、改めて賃貸の契約を結んでほしいんです。……美智子さんがいなくても、この店がちゃんと営業していけるように。それが難しいなら、せめてグループに加えていただく形でも構いません。……僕はこの店をなくすわけにはいかないんです。すぐに撤退ということだけは、どうか許してもらえないでしょうか」

「その条件については、先日久川を通じて話したとおりだ。それ以上、私から言うことはなにもない」

「ですが！」

「悪いが、私は忙しいんだ……」

膠着する交渉を遮るように、ふいに聞き慣れない着信音が鳴り響いた。

石井はおもむろにスマートフォンを取り出すと、ふん、と面倒そうに鼻を鳴らした。どうやら石井に掛かってきたものらしい。

しかし画面を確認した瞬間、石井の小さな目がぐりっと大きく見開かれた。

突然あわあわとひどく慌てふためき出し、手の中のそれを取り落としそうになっている。いったいどうしたのだろうか。

どうにか持ち直すと、両手でしっかりと抱えて耳元に構えた。

「もしもし！　みっちゃん⁉」

石井の豹変《ひょうへん》に、店の空気が凍りつく。

……みっちゃんとは、まさか美智子のことなのだろうか。

千浩もゴローもあかりも、もちろん尚吾も、全員がぽかんと石井を見つめていた。久川だけがいつもの無表情で佇んでいる。

「もうっ、いきなりいなくなって、心配してたんだよ！　一体今どこに……、えっ、内緒？　そんなこと言わないで……」

先ほどまでの居丈高《いたけだか》な態度は幻だったのだろうか。今の石井は顔面蒼白でおどおどしており、貧血でも起こして今にも倒れてしまいそうだ。

「本当にごめんよ、みっちゃんが怒るのも無理はない。でも、妻のことは内緒にするつもりなんてなかったんだ……、えっ、騙してたくせに？　──違う、それは違うよ！　話すタイミングがなかっただけで」

電話の内容から察するに、どうやら石井は既婚者で、それを隠したまま美智子と関係を持っていたようだ。美智子の雲隠れの理由は、まさかこれなのだろうか。

考えたくもないが、こんな男を本気で好きだったのかと、息子として唖然としてしまう。

「君を失うくらいなら、妻とは別れる。僕は本気で、みっちゃんと第二の人生を……、わっ、大声出さないで！　頭に響く……。え？　店のこと？　……ははは、もちろん！　嫌がらせなんてとんでもない！　今まさに、テナント契約か業務提携か、そこら辺を進めていこうとしていたくらいで……」

息をするように嘘をついている。ここまでくると、感動すら覚えた。

「とにかくみっちゃん、お願いだ、一度でいい、せめて会って話を……。えっ！　いつもの店に十分後って……ここからだと三十分は……って、あぁっ！」

一方的に電話を切られてしまったのか、石井が呆然と立ち尽くしている。

しかしすぐにハッとした様子で、「久川っ」と踵を返した。

「行くぞ！」

それだけ言い残し、こちらにはひと言もなしにさっさと車に戻ってしまった。

「あっ、石井さん、この店のことは……」

千浩が石井を追いかけようとすると、代わりに久川から「大丈夫でしょう」という答えが返ってきた。

「店のことは、美智子さんがなんとかするはずです。おそらく、この店のことで石井を動かせるのは彼女しかいません」

「でも、美智子ちゃんは店の事情なんて……」

千浩がそう呟くのと同時に、久川のスマートフォンが鳴った。久川はその相手と二、三言話すと、「どうぞ」とすぐに尚吾に差し出した。

「尚吾さんにだそうです。なんでも、伝え忘れていたことがあったそうですよ」

久川と自分とで共通の知人なんていた覚えはない。

訝しく思いながらスマートフォンを受け取ると、『ひっさしぶり～』という聞き慣れた声が耳に届いた。――美智子だ。

あいかわらずの脳天気さに、尚吾の怒りが一瞬で頂点に達する。

けれど言いたいことが山のようにありすぎて、言葉にならなかった。この数週間の苦労は、電話越しではとても語り尽くせないものがあるのだ。

しかしそんな尚吾にはお構いなしで、美智子はあっけらかんと言葉を続けた。

『ちひろっちに迷惑かけるんじゃないわよ』

そしてそれだけを言うと、一方的に電話を切ってしまった。まさか、用件とはこれだけなのだろうか。

あれだけ周囲を引っかき回しておいて、自分がそれを言うのか？

「あんの、くっそババァ！」

尚吾は弾けたように、沈黙した四角い箱を大きく振りかぶる。我を忘れ、床に叩きつける勢いで投げつけるが、久川に軽々とキャッチされてしまった。

「お気をつけください」と、じろりと睨まれる。

しかしどうしてこのタイミングで美智子から自分に電話が掛かってくるのだろうか？　そもそも、なぜ美智子が久川の連絡先を知っているのだろう。謎はふくらむ一方だ。

納得いかずに尚吾が首を傾げていると、久川はその頬に卵のひびを刻ませた。

「どうやら間に合ったようですね」

「……間に合った?」

久川の発言に、ますます混乱してしまう。

「申し上げたはずですよ、素人の探偵ごっこなど無意味だと。こういった特殊な問題に関しては、プロに頼むに限ります。それに、彼女を捜しているのがあなた方だけだと、私が一度でもそう言いましたか?」

その口振りから、久川のほうでも美智子を捜していたのだと知れた。プロの探偵を雇って探し当てたということなのだろう。

「なるほどな」と、ゴローが気の抜けたような声を上げる。

「カラクリはわかったけど、どうして店長がこっちの事情を知ってるんだ?」

「美智子さんを見つけ次第、あなた方の状況もお伝えするようにと、そう指示してあったからです。……もっとも、本当に間に合うとは思っていませんでしたが」

えっ、と工房がメンバー全員が一斉に久川に注目する。なんだか後光が射して見えるのは気のせいだろうか。

「誤解なさらないでください」

久川はぴしゃりと言い捨てた。

「そのほうが、美智子さんがこちらにコンタクトを取る可能性が高くなると考えた結果です。別に、あなた方のためというわけではございませんので」

「現役の社長秘書でツンデレとは、なかなか高スペックだな」

「……同感」

感心したように呟くゴローに、あかりもコクコクとうなずく。

「久川、なにしてる！」

辺りに轟《とどろ》いた石井の怒声に、久川は「それでは」と店を後にした。この一ヶ月、店を混乱に陥れた嵐が、驚くほどあっさりと去っていく。

拍子抜けの幕引きに開いた口が塞がらないが、しかしある意味で、――特に尚吾にとって、一番大きな問題が残っていた。

尚吾は、同じく唖然としている千浩を振り返り、遠慮がちに声を掛けた。

「石井をこのまま行かせていいんですか？」

尚吾の質問に、千浩がぱちぱちと瞬きを繰り返す。

「え？　なんで？」

「なんでって……。だってこのままじゃ、美智子はあのおっさんとヨリを戻すかもしれないんですよ？」

敵に塩を送るような真似はしたくないが、これまでの千浩が抱く美智子への気持ちを知りながら、見て見ぬふりをすることはできなかった。昨日「好きだ」という言葉をもらえたからこそ、千浩にはその想いにしっかり決着をつけてほしいのだ。

しかし、千浩は不思議そうに尚吾を見返すだけだった。

「んー、それは僕がどうこういうような問題じゃないしねぇ」

あくまでものんびりとそう返す千浩に、思わず尚吾の口調が荒くなる。

「どうこうって……、二股までかけられてたってのに、恨み言のひとつも言わなくていいんですか！　そんな悠長なことばっかり言ってるから、美智子に振られたんだろっ」

そこまで言いきり、すぐにしまった、と尚吾は口を押さえる。

しかしそんなことをしても後の祭りだった。一度出た言葉は戻らない。本当に、思わず口を突いて出てしまったのだ。辺りがシンと静まりかえる。

千浩を傷つけたくないと考えた矢先の失言に、尚吾は息をのんだ。

沈黙を破るように、千浩がぽつんと口を開く。

「……二股？　美智子ちゃんに振られたの？　誰が？」

「だから、千浩さんが……」

千浩はぽかんとこちらを見返したかと思うと、突然、火が点いたように笑い出した。ひぃひぃと喉を引きつらせながら、お腹を抱えてその場に座り込んでしまう。

「ち、千浩さん……？」

気がつけば、ゴローも爆笑しており、その隣では、あかりが目を真っ赤に血走らせて肩を震わせていた。

「な、なにがおかしいんですか！」

「なるほどなぁ。なんっか変だとは思ってたんだけど、……お前、店長と千浩さんがデキてると思ってたのか！」

傑作だ、と笑い続けるゴローに、さすがにムッと唇を曲げる。でも、と続けようとすると、ようやく笑いの収まった千浩に、ツンツンと肩を叩かれた。

「僕と美智子ちゃんは、ただの友達だよ？」

「え、だって……」

「資金はあるからとりあえずお店を出したいっていう美智子ちゃんと、お金はないけど自分の店を開きたかった僕とで、利害が一致しただけ。それも含めて、彼女は僕の恩人なんだ。もちろん、恋人がいるってことも最初から知ってたし」

そういえばたしかに、美智子からも千浩からも、一度たりとも恋人だという話を聞いた覚えはなかった。

美智子の男癖の悪さから勝手にそう決めつけていたのだが、本当にただの思い込みだったようだ。救いを求めるように周囲に視線を向けるが、にやけ面が返ってくるだけだ。

まさか本当に、千浩と美智子がただのビジネスパートナーだったなんて。

恥ずかしすぎる思い込みに、頭がくらくらしてしまう。

そんな場の雰囲気を誤魔化すように、尚吾は「でも！」と、言い募った。

「なんでもいいから店を開きたいなんて、いくらあいつでもおかしいでしょう」

「それはね」と、千浩が笑った。

「美智子ちゃんがお店を出したいって思ったそもそもの理由は、君なんだよ」

「……俺？」

「尚吾君、三年前に、一ヶ月くらい家出してたことがあったんでしょ？」

千浩の口から出た言葉に、尚吾は目を瞬かせる。なぜ、千浩がそれを知っているのだろう。家出のことを話した覚えはないけれど。

そんな疑問に答えるように、「美智子ちゃんから聞いたんだよ」と千浩が目を細めた。

「さすがに美智子ちゃんもショックだったんだって。きっと浮ついた自分のせいだからって、尚吾君のために落ち着かなきゃって、ひどく焦ってたみたい。初めて天神さんで美智子ちゃんと会った時さ、いつの間にかお互いの人生相談みたいになってたんだよね。息子が反抗期で悩んでるけど、今さら自分が偉そうなことも言えないしって」

「まさか、……嘘でしょう」

家出のことは、てっきり、美智子は気づいていないものだとばかり思っていたのに。

「でも美智子ちゃん、あのとおり自由奔放なところがあるでしょう？　だから、その解決策として、お店を持つことを考えたみたいだよ。お店でも構えれば、さすがにそう簡単にはどこへも行けなくなるだろうって」

なんとも極端な思考だが、その思い切りのよさはいかにも美智子らしい。

「……でも、結局また出てったじゃないですか」

「まあねぇ」

千浩がかすかに苦笑を浮かべる。

「それでも、美智子ちゃんなりに頑張ってたんじゃないかな。今回だって、石井さんのことがなければ出て行かなかっただろうし。……それにまあ、人間なんてそう簡単に変われるものじゃないからね」

たしかに、三年近くもひと所に所在を落ち着けていたなんて、放浪癖のある美智子にすれば奇跡にも等しい。

つまりこの店は、尚吾のための店でもあるのだ。

千浩はにっこりと相好を崩した。

「だから僕は、どうしてもこのお店を守りたかったんだ」

【焼き上がり】

今朝もこんがり工房のカウベルが鳴り響く。

大きなガラス窓から覗くとりどりのパンや、辺りに漂う焼きたての温かな香りが、桜舞う通りを行き交う人々を惹きつける。

パン好きの常連客に、大きな制服に着られているような新入生らしき中学生たち。それに散歩途中の老人とダックスフントが、揃って店内を覗き込んでいた。もちろん店内も大賑わいで、千浩を筆頭に工房のスタッフはてんてこ舞いの忙しさだ。

そんな慌ただしさの中、尚吾にとっては見過ごすことのできない、いつもながらの光景が、今日も売り場の一角で繰り広げられていた。

パンかごを抱えた千浩の周りに、どこからわいたのかと疑うほどの男たちが群がっているのだ。

「はい、このパンは四月の限定メニューで……」

ゆりかごから墓場までとでも銘打てそうな幅広い年代の男性客たち。デジャブなのかと頭を抱えたくなるような毎度の様子にももう慣れた。

尚吾はシャツの袖を捲り上げ、鼻息も荒くその輪の中に乗り込んでいく。

人波に揉まれている千浩を力づくで抱きよせると、ジロリと周囲の男たちを睨みつけた。

「千浩さん、オーブンのタイマーが鳴ってましたよ。こっちは俺が……」

「見ててくれるんだよね？」

さすがの千浩も度々のやりとりで学習したようだ。尚吾の腕の中で、にっこりと目を細めてみせる。「お願いね」と言い残すと、軽やかな足取りで厨房に戻っていった。

——決戦の日から一ヶ月。

あの嵐のような出来事などなかったかのように、店には平穏な日々が流れている。

美智子が今どうしているのかはわからないままだ。あれきり連絡は一度もないし、工房に顔を出す気配もない。気にならないわけではないが、勝手にしてくれというのが正直なところだった。今までもこうだったので、とっくに諦めはついている。

それよりも大事なのは工房のことだ。結局、美智子の口添えがあってなのか、石井とは正式にテナント契約を結ぶことができたという。他にも申請の関係で千浩が少々駆けまわることになったようだが、これからは大威張りで営業ができると工房のメンバーは大喜びだった。

あとひとつ、大きく変わったことといえば……。

「店長、売り場のクロワッサン、全部出ちゃったみたいです」

レジ打ちをしていたあかりが、厨房に向かってそう声を掛ける。先ほど奥に戻ったばかりの千浩が、のれんを掻き分けてひょっこりと顔を出した。

「もうすぐ焼き上がるから、できたらまた並べてくれる？」

次から次に焼かなければ、棚はすぐに空になってしまう。そう微笑むと、すぐにまた厨房へと戻っていった。

あれから、千浩は正式にこんがり工房の店長に就任することとなった。いつ戻るかも知れない名ばかりの店長は、ついにお役御免になったらしい。これには尚吾とあかりの強い要望があったという裏事情もある。

千浩はすでに実質的な店長だったので、あかりの呼び方以外には、やはりなにが変わったわけでもない。店長と呼ばれる度にはにかむ千浩に胸がキュンとしてしまうのは、あくまでも尚吾ひとりの問題だ。

ふっと客の波が引け、束の間の休息が店に訪れる。

尚吾が陳列棚を整理していると、パンかごを持った千浩がやってきた。かごには焼きたてのクロワッサンが並んでいて、バターの甘い香りが鼻腔《びこう》をくすぐる。

「呼んでくれたら、俺が出したのに」

「ちょうど手が空いたからね」

にっこりと答えると、千浩はクロワッサンのかごを棚の目立つ位置に置いた。朝のひと波が落ち着いてふっと気が抜けたのか、千浩がその場で大きく伸びをする。

その拍子に、襟元から覗く小さな鬱血痕《うっけつこん》が視界に入り、尚吾はぐっと仰け反りそうになった。それは昨夜の情事のしるしだ。あんなこんなそんな、とても言葉にできない千浩との思い出が瞬時に脳内を駆け巡り、酸欠に陥りそうになってしまった。

昼の清廉潔白《せいれんけっぱく》な姿とは裏腹に、夜の千浩はちょっとスゴイのだ。

尚吾は蜜に誘われる蝶のように、フラフラと千浩を抱きしめて唇を重ねる。

キスをして、ハッとした。……無意識だったのだ。無事にお付き合いを始めた今もなお千浩のフェロモンに操られてしまうなんて。これは由々しき事態だ。千浩の体を急いで解放し、「すみません」と小さく頭を下げた。

しかしそんなこととは知らない千浩は、「もうっ」とその可憐《かれん》な頬をふくらませた。

「お店ではダメだってばっ」

わざとじゃないんだ。尚吾はそう訴えたいが、無意識の行動だというほうが危ない気がして弁明は諦めた。

それにしても千浩は、拗ねても類《たぐ》い稀《まれ》なほど愛くるしい。実年齢なんてなんのそのだ。またしても千浩の唇に吸いよせられそうになるが、尚吾は意地と根性でどうにかその場に踏みとどまった。一見平凡なパン屋の中も、危険が満ちているので注意が必要だ。

そうこうしていると、「おーい」と、呆れたような声が背後から聞こえてきた。

「俺もいるんだけど、視界に入ってる?」

背の高い猫背が、勘弁してくれといった様子で割り込んでくる。助かったと胸を撫で下ろしつつ、ふたりの時間を阻害されたつまらなさがあるのも事実だ。尚吾がこっそりと舌打ちをすると、耳聡《ざと》いゴローに「ナマイキな」と頬を抓《つね》られてしまった。

そんなふたりに苦笑を浮かべ、千浩は厨房に戻る間際、こっそりと尚吾に耳打ちする。

「あーゆーことは、家でね」

それだけを囁くと、千浩は耳まで赤くして厨房に戻っていった。

……なんということだろう。その愛らしさはまさに妖精だった。ティンカー・ベルは日本の片隅にたしかに実在していたのだ。ここはパン屋じゃなくてネバーランドだったというわけだ。

またしても鳴り響くカウベルに、尚吾は気合いを入れ直して強めに両頬を叩いた。まだまだ忙しい時間は続く。いつまでも呆《ほう》けてはいられない。

こうしてこんがり工房の慌ただしい一日が、今日も平和に過ぎていくのだった。

あとがき

はじめまして、田知花千夏です。こんにちはの方がいらっしゃいましたら、こんにちは。

この度は「同居人は魔性のラブリー」をお手にとってくださり、本当にありがとうございます。とっても嬉しいです！

ありがたいことに、三冊目の文庫です。デビュー文庫から約一年。なんだかめまぐるしい日々だったような気がします。あまりにバタバタと過ぎていくので、その間の記憶がほとんどありません。私はいったいなにをしていたのでしょうか。本気で思い出せない……。

それはさておき、今回はパン屋を舞台にした年の差恋愛のお話でした。

皆さん、パンはお好きですか？　私は大好きです！　お店に行くとウキウキして、つい長居してしまいます。今住んでいる家の近所にはパン屋がないので、それが本当に残念です。次に引っ越すときには、近くにあるかどうかをしっかり調べておこうと思います。本屋とパン屋は生活には欠かせません。

ところで、私の書く攻めって、なんというかこう、どこにでもいそうな普通の兄ちゃんばっかりだなぁとつくづく実感しています。尚吾なんて、まさに私が好きな攻めでびっくりです。無表情でなにを考えてるかわかんない攻めがっ！　私は大好きなんですっ！

ただ、端くれながらもＢＬ小説を執筆させていただいている身としては、いつかフェロモンむんむんなゴージャス攻めを書いてみたいという野望もあったりします。道は険しそうですが、死ぬまでに一作くらいは挑戦してみたい……。が、がんばります。

なにからなにまでお世話になりっぱなしの担当様、いつもありがとうございます。たくさん助けていただいて感涙です。気合い入れてついていくので、これからもどうぞよろしくお願いします！

イラストを担当してくださったCJ Michalski先生。先生の描かれた千浩を拝見したい一心で、このお話を考えたといっても過言ではありません。理想どおりのかわいいイラストで拙作に花を添えていただけて、胸がいっぱいです。ありがとうございました！

本作をお手にとってくださった皆様。こうして私が小説を書きつづけていられるのも、皆様のおかげです。本当にありがとうございます。よろしければ感想などをお聞かせいただけると、嬉しくって男泣きします！　どうぞ愛の一通を、よろしくお願いいたします。

最後に、本作に関わってくださった皆様に、改めて心からの感謝を申し上げます。近々、次のお話の予定もいただいていますので、またお目にかかれましたら幸いです。

最後までお付き合いくださり、ありがとうございました！

二〇一二年　十一月　田知花千夏

http://spicact.hacca.jp/

初出一覧

同居人は魔性のラブリー　/書き下ろし

B♥PRINCE
http://b-prince.com

B-PRINCE文庫をお買い上げいただきありがとうございます。
先生へのファンレターはこちらにお送りください。

〒102-8584
東京都千代田区富士見1-8-19
(株)アスキー・メディアワークス
B-PRINCE文庫　編集部

同《どう》居《きょ》人《にん》は魔《ま》性《しょう》のラブリー

発行　2013年1月7日　初版発行

著者　田知花千夏

発行者　塚田正晃

発行所　株式会社アスキー・メディアワークス
〒102-8584　東京都千代田区富士見1-8-19
☎03-5216-8377（編集）

発売元　株式会社角川グループパブリッシング
〒102-8177　東京都千代田区富士見2-13-3
☎03-3238-8605（営業）

印刷・製本　旭印刷株式会社

小社ホームページ　http://asciimw.jp/

Printed in Japan
ISBN978-4-04-891169-6 C0193